Страх

契诃夫小说选集

А. ЧЕХОВ

恐惧集

〔俄〕契诃夫 著

汝龙 译

人民文学出版社

图书在版编目（CIP）数据

契诃夫小说选集.恐惧集/（俄罗斯）契诃夫著；汝龙译.—北京：人民文学出版社，2021
ISBN 978-7-02-012939-3

Ⅰ.①契… Ⅱ.①契…②汝… Ⅲ.①短篇小说—小说集—俄罗斯—近代 Ⅳ.①I512.44

中国版本图书馆CIP数据核字（2017）第134318号

策划编辑　张福生
责任编辑　李丹丹
装帧设计　刘　静
责任印制　王重艺

出版发行　人民文学出版社
社　　址　北京市朝内大街166号
邮政编码　100705
网　　址　http://www.rw-cn.com

印　　刷　三河市博文印刷有限公司
经　　销　全国新华书店等

字　　数　76千字
开　　本　787毫米×1092毫米　1/32
印　　张　6.25
印　　数　1—3000
版　　次　2021年4月北京第1版
印　　次　2021年4月第1次印刷

书　　号　978-7-02-012939-3
定　　价　28.00元

如有印装质量问题，请与本社图书销售中心调换。电话：010-65233595

目　次

恐惧 …………………………… 1

万卡 …………………………… 27

凶杀 …………………………… 36

风滚草 ………………………… 96

美妙的结局 …………………… 127

死尸 …………………………… 137

乞丐 …………………………… 148

佩彻涅格人 …………………… 160

伤寒 …………………………… 181

恐 惧

我的朋友的故事

德米特利·彼得罗维奇·西林大学毕业以后,在彼得堡政府机关里工作,可是到三十岁那年,他辞掉工作,去经营农业了。他经营得不坏,然而我仍旧觉得,他干这种工作不合适,还是回彼得堡的好。每逢他给太阳晒黑,周身扑满灰白的尘土,劳累得筋疲力尽,在大门外或者门道里迎接我,后来在晚饭桌上睡意蒙眬,他妻子把他当作小孩那样领去睡觉的时候,或者每逢他压下睡意,用他那柔和、热诚而且似乎在恳求什么的声调说出他那些优美的思想的时候,我总认为他不能算是个经营农业的人,也不能算是个农学家,只不过是个劳乏的人罢了。我清楚地看出,他并不需要经营什么农业,他所需要的是把日子打发过去,就此而已。

我喜欢到他家里去,有时候在他的庄园上盘桓两三天。我喜欢他的房子、花园、大果园、小河,以及他那种有点沉闷,有点浮夸,然而条理清楚的哲学议论。大概我也喜欢他本人,不过在这方面我说不准,因为我至今还不能理清我当时的感情。他是一个头脑聪明、心地善良、不讨人厌,而且态度诚恳的人,可是我记得很清楚,每逢他把藏在心里的秘密告诉我,把我们的关系说成是友谊,那总会惹得我不痛快,使我觉得别扭。他对我的友情有点叫人不舒服,不好受,我倒情愿只跟他维持普通朋友的关系。

问题在于我非常喜欢他的妻子玛丽雅·谢尔盖耶芙娜。我并没爱上她,不过我喜欢她的脸、眼睛、声调、步态,如果很久没有跟她见面,就会惦记她,在那种时候我的想象力最乐于描绘的,就莫过于这个年轻美丽而又优雅的女人了。我对她并没有什么明确的企图,也没想望什么,可是不知什么缘故,每次临到只有我们两个人在一块儿,我想起她的丈夫把我看作朋友,我就觉得不自在了。遇到她在钢琴上弹我喜爱的曲子,或者对我讲起一件什么有趣的事,我总是听得津津有味;不过同时,不知什么缘故,就会有一种想法溜进我的脑子,我想到她爱她的丈夫,他是我的朋友,连她自己也认为我是他的朋友,于是我就败了兴,变得无精打采,不自在,心里烦闷了。她看出这种变化,照例说:

"您的朋友不在,您闷得慌了。我得派人到田里去找他回来。"

等到德米特利·彼得罗维奇回来,她就说:

"喏,现在您的朋友来了。您就高兴起来吧。"

照这样过了一年半光景。

有一回,那是七月里一个星期日,我和德米特利·彼得罗维奇闲得没有事做,就坐着马车到一个大村子克路希诺去买吃晚饭用的凉菜。我们只顾在那些小铺里穿来穿去,太阳却已经下山,黄昏来了,而这个黄昏我大概一辈子也忘不了。我们买了一些像肥皂的干酪和气味像煤焦油而硬得像石头的腊肠以后,就到小饭铺里去问一下有没有啤酒。我们的马车夫到铁匠铺去给马钉马掌,我们就对他说,我们在教堂附近等他。我们一面走路一面谈话,笑我们买下的吃食,这时候却有一个人跟在我们后面,一句话也不说,神情鬼鬼祟祟,就像暗探似的。此人在我们县里有个相当古怪的绰号:四十个殉教徒。这个四十个殉教徒就是加甫利拉·谢威罗夫,或者简单地叫作加甫留希卡,他曾在我家里做过听差,不久就因为酗酒而被我辞掉了。他在德米特利·彼得罗维奇家里也做过事,后来也因为同样的过错给辞掉了。他是个嗜酒如命的酒徒,而且总的说来,他的整个命运就是醉醺醺的,像他本人一样昏天黑地。他父亲是个神甫,他母亲是个贵族,按出身他属于特权阶层,可是不管我怎样细看他那张憔悴的、恭顺的、永远冒汗的脸,他那把已经变白的红胡子,他那件可怜样的破上衣和底襟不塞进裤腰里的红衬衫,我却怎么也找不出一丁点儿在我们社会生活里可以称之为特权阶层的痕迹。他自称是个受过教育的人,在神学校里读过书,可是没有毕业,因为吸烟而被开除了;后来在主教的唱诗班里唱歌,在一个修道院里待过两年左右,又被开除了,然而这回不是由于吸烟,而是由于"嗜好"了。他徒步走遍两个省,不知什么缘故向宗教法庭和各衙门递过状子,受过四次审判。最后他流落到我们县里来,做听差,做守林人,做照料猎犬的人,做教堂的看守人,跟一个寡妇——一个放荡的厨娘结了婚,从此陷入奴仆的生活,习惯于肮脏和下流,结果连他自己讲到自己的特权阶层出身,都不免带点迟疑的口气,仿佛在讲一个什么神话似的。在目前这个时期,他没有工作而在逛荡,自称是个马医和猎人。他的妻子走掉了,下落不明。

我们从小饭铺里出来往教堂走去,在教堂门前的台阶上坐下来,等马车夫。四十个殉教徒站得稍稍远一点,把一只手放到嘴边,为的是到必要的时候可以恭恭敬敬地对着手心咳嗽。天色已经黑下来,空中弥漫着傍晚强烈的潮气,月亮快升上来了。天空明净,布满繁星,只有两朵浮云,正巧悬在我们头顶上方,一朵大一点,一朵小一点,这两朵浮云孤孤单单,好比母亲带着一个孩子在互相追逐,往晚霞正在黯淡的那边奔去。

"今天天气好得很。"德米特利·彼得罗维奇说。

"好到了极点……"四十个殉教徒同意说,恭恭敬敬地对着手心咳嗽一声,"您,德米特利·彼得罗维奇,怎么会想起到这个地方来走一趟?"他用巴结的口气问,显然想搭讪。

德米特利·彼得罗维奇什么话也没回答。四十个殉教徒深深叹一口气,眼睛没看着我们,小声说:

"我受苦纯粹是由于一个原因,我得为这对万能的上帝负责。嗯,当然,我是个堕落的、没出息的人,不过请您相信我的良心话,我目前连一小块面包也没有,比狗都不如。……请您原谅我这么说,德米特利·彼得罗维奇!"

西林没有听他讲话,用拳头支着自己的脑袋,想什么心事。教堂坐落在村街的尽头,高高的河岸上。我们隔着篱笆墙望去,可以看见那条河,看见对岸一片水淹的草地,看见一堆篝火冒出紫红色火光,有些黑色的人和马在篝火旁边活动。在篝火后面,再远一点,还有些灯火,那是个小村子。……那儿有人在唱歌。

河面上升起雾,草地上有些地方也有雾。一缕缕雾又高又细,像牛奶那么浓和白,在河面上徘徊,遮住星光,挂在柳树梢上。这一缕缕雾每分钟都变换花样,看上去好像有的互相拥抱,有的鞠躬,还有的举起胳膊来直对天空,就像教士穿着袖口肥大的法衣在祷告。……这一缕缕雾大概引得德米特利·彼得罗维奇想起鬼魂和已经死亡的人,因为他转过脸来对着我,带着忧郁的笑容问道:

"告诉我,我亲爱的,为什么每逢我们想讲什么可怕的、神秘的、离奇的事,我们不从生活里找素材,却一定要到幽灵和鬼影的世界里去找呢?"

"可怕的东西就是不能理解的东西。"

"那么难道您理解生活?您说说看,莫非您对生活比对坟墓中的世界理解得清楚些?"

德米特利·彼得罗维奇坐得离我十分近,我的脸颊都能感到他在呼吸。在苍茫的暮色中,他那张又白又瘦的脸显得越发苍白,那把黑胡子显得比煤烟还黑。他的眼睛忧郁而坦诚,带点惊恐的神情,仿佛他要跟我讲一件什么可怕的事似的。他瞧着我的眼睛,用他那种照例带着恳求的声调接着说:

"我们的生活和坟墓里的世界同样没法理解,同样可怕。凡是怕鬼魂的人,就一定也怕我,怕那些灯火,怕天空,因为这一切,如果仔细想一下,就都不可理解,离奇,不下于从那个世界里来的阴魂。哈姆雷特王子没有自杀是因为他怕那些在他长眠时可能显现的幽灵。我喜欢他那段著名的独白,不过老实说,它从没触动过我的灵魂。我把您看作朋友,那就要对您老实承认:有的时候,我心里愁闷,幻想我死后的情景,我的幻想描绘过成千种极其阴暗的景象,把我自己弄得又痛苦又兴奋,像是梦魇,不过请您相信,在我看来,就连那情景,也并不比现实可怕。不消说,那些幻象是可怕的,可是生活也可怕。我呢,好朋友,不了解生活,怕生活。我不知道这是为什么,也许我是个病态的、发了疯的人吧。在正常而健康的人看来,凡是他耳闻目睹的事情似乎他都了解,我呢,正好失去了这个'似乎',天天让恐惧毒害我自己。世界上有一种害怕旷野的病,我得的是一种害怕生活的病。每逢我躺在草地上,久久地看着一只昨天才出生、对什么都不了解的小甲虫,我就觉得它的生活充满恐惧,而且在它身上我看见了自己。"

"不过您觉得可怕的究竟是什么呢?"我问。

"我觉得什么都可怕。我天生是个思想不深刻的人,不大关心死后的世界和人类命运之类的问题,向来很少想到那些深奥的事。我觉得可怕的,主要是我们谁也躲不开的日常琐事。我没法分清我的行动当中哪些是真的,哪些是作假,这总使得我心慌。我体会到生活条件和教育把我限制在狭小、虚伪的圈子里,我的全部生活无非是天天费尽心机欺骗自己和别人,而且自己并不觉得。我想到我一直到死都摆脱不了这种虚伪,就心里害怕。今天我做一件什么事,可是到明天,我就会不明白为什么要这样做。我原在彼得堡担任公职,后来害怕了。我到这儿来,为的是经营农业,可又害怕了。……我看出我们了解的事情很少,因此天天犯错误。我们往往不公道,对人造谣中伤,破坏彼此的生活,把我们的全部力量浪费在我们不需要的而且妨碍我们生活的无聊事情上。我觉得这种现象可怕,因为我不明白这是为了什么,有谁需要这样做。我,好朋友,不了解人们,怕他们。我瞧着农民就害怕,我不知道他们究竟为了什么崇高的目标在受苦,为了什么缘故生活下去。如果生活是快乐,那他们就是多余的和不需要的人。如果他们生活的目标和意义就在于贫困,就在于昏天黑地和无可救药的愚昧,那我就不明白这样活受罪有谁需要,为了什么缘故需要。不管什么人,不管什么事,我都不明白。比方说,您就费神了解一下这个人吧!"德米特利·彼得罗维奇指着四十个殉教徒说,"您仔细想想他吧!"

四十个殉教徒发现我们两个人都瞧着他,就恭恭敬敬地对着他的空拳头咳嗽一声,说:

"在好主人家里,我素来是忠心的仆人,而毛病全出在烧酒上。要是现在有人看得起我这个不幸的人,给我找个差事,那我就会吻神像戒酒。我说这话是算数的!"

教堂看守人走过我们旁边,大感不解地瞧了我们一会儿,然后去拉钟绳。钟响了十下,猛地打破了夜晚的沉寂,声音缓慢而悠长。

"想不到已经十点钟了!"德米特利·彼得罗维奇说,"我们也该走了。对了,我的好朋友,"他说,叹口气,"要是您知道我多么害怕我那些平淡的、日常的想法就好了,而这些想法本来似乎不应当有什么可怕的地方。我为了避免思考,就专心劳动来分我的心,干得筋疲力尽,夜里好睡得酣畅。对别人来说,儿女和妻子显得稀松平常,可是他们对我来说却是沉重的压力,好朋友!"

他用手抹一抹脸,干咳一声,笑起来。

"要是我能对您说一说我在生活里扮着一种什么样的傻瓜角色,那才有意思呢!"他说,"大家都对我说:您有可爱的妻子,有可爱的孩子,您自己也是个挺好的家长。他们都以为我十分幸福,羡慕我。既然讲到这里,那我索性私下里对您说了吧:我那幸福的家庭生活纯粹是可悲的误会,我怕它。"

他那张苍白的脸由于苦笑而变得难看了。他搂住我的腰,小声说下去:

"您是我真诚的朋友,我信任您,深深地尊敬您。天赐给我们友谊,是要我们开诚相见,让我们摆脱那些压在我们心头的秘密。请允许我利用您对我的友好感情来把事情的真相统统告诉您。我这种家庭生活依您看来十分美满,其实它却是我主要的不幸,使我恐惧的主要方面。我的婚姻是古怪而愚蠢的。应当告诉您,婚前有两年光景,我一直着魔似的爱着玛霞①,追求她。我向她求过五次婚,她都拒绝了,因为她对我根本就不感兴趣。到第六次,我被爱情折磨得晕头转向,就在她面前跪下,像乞讨似的向她求婚,她就同意了。……她是这样对我说的:'我不爱您,可是我会对您忠实。……'我欢天喜地接受了这样的条件。那时候我懂得这话是什么意思,可是现在,我当着上帝起誓,我不懂了。'我不爱您,可是我会对您忠实',这话是什么意思呢?这是一团雾,一片黑。……我现在仍旧跟婚后第一天那样热烈地爱她,可是我觉得她仍旧对我冷淡,每逢我走出家门,她大概暗暗高兴。她究竟

---

① 玛丽雅的爱称。

爱不爱我,我拿不准,我不知道,我完全不知道,可是事实上,我们却住在一个房顶底下,彼此用'你'相称,睡在一块儿,有儿有女,我们的财产归两个人共有。……那么这是什么意思呢?为什么缘故要这样?您能理解吗,好朋友?残忍的考验啊!我一点也不明白我们之间的关系,因此我时而恨她,时而恨自己,时而恨我们两人,我的脑子里乱七八糟,我折磨自己,弄得自己头昏脑涨,她呢,仿佛故意跟我捣乱似的,反而一天天漂亮起来,变得叫人暗暗称奇。……我觉得她的头发美极了,她那笑靥任什么女人也比不上。我爱她,可又知道这种爱是没有希望的。对一个跟你生过两个孩子的女人,你的爱情居然没有希望!难道这种事可以理解?不可怕?难道这不比幽灵更可怕?"

按他这时候的心境,他会再讲下去,讲上很久,不过,幸好,传来马车夫的说话声。我们的马车来了。我们就坐上马车,四十个殉教徒脱掉帽子,扶着我们两人上车,从他脸上的神情看来,仿佛他早已在等个机会,好接触一下我们尊贵的身体似的。

"德米特利·彼得罗维奇,请您允许我到您那儿去吧,"他说,歪着脑袋,使劲眨巴眼睛,"求您发发上帝那样的慈悲吧!我快要饿死了!"

"哦,行,"西林说,"你来吧,你先干三天活再说。"

"是,老爷!"四十个殉教徒高兴地说,"我今天就去。"

这儿离家有六俄里①远。德米特利·彼得罗维奇心满意足,因为他终于把心里的话都对朋友倾吐了。他一路上始终搂着我的腰,不再伤心,也不再害怕,快活地对我说,如果他的家里平安无事,他就打算回彼得堡,在那儿研究学问。他说,那种把许多有才具的年轻人赶下乡去的潮流是一种可悲的潮流。在俄国,黑麦和小麦有很多,然而文化水平高的人却十分缺乏。应当让有才具的、健康的青年致力于科学、艺术、政治,不

---

① 1俄里等于1.06公里。

这样做而去干别的,那是不合算的。他愉快地大发议论,随后表示惋惜说,明天一清早他就要跟我分手了,因为他得出外去做一笔木材生意。

可是我心里不自在,愁闷,觉得我在欺骗这个人。同时我又暗暗高兴。我瞧着又大又红的月亮升起来,想象那个高高的、苗条的金发女人,白白的脸儿,老是穿得很考究,身上洒一种特别的香水,类似麝香的气味,我想到她不爱她的丈夫,不知什么缘故,心里挺高兴。

我们回到家里,坐下来吃晚饭。玛丽雅·谢尔盖耶芙娜笑着拿我们买来的吃食款待我们。我发现她的头发确实美极了,她的笑靥任何女人也比不上。我留神看她,希望在她的每个动作和眼光里看出她不爱她的丈夫,我觉得真好像看出来了。

德米特利·彼得罗维奇不久就困得要命,努力克制着睡意。晚饭后,他跟我们一块儿坐了十分钟光景,就说:

"你们随便谈谈吧,而我明天得三点钟起床。请允许我向你们告辞。"

他温柔而热烈地吻他的妻子,带着感激的心情握一握我的手,要我答应下个星期一定来。他怕明天睡过头,就到厢房里去过夜。

玛丽雅·谢尔盖耶芙娜保持着彼得堡人的习惯,夜间很晚才上床。不知什么缘故,这使我暗暗高兴。

"怎么样?"我开口说,这时候只剩下我们两人了,"那么,请您费心弹个什么曲子吧。"

我并不想听音乐,可是要谈话,我又不知道该从哪儿谈起。她在钢琴边坐下,弹奏起来,我记不得她弹了个什么曲子。我坐在一旁,瞧着她胖胖的白手,极力想在她冰冷而淡漠的脸上看出一点什么来。可是后来,不知什么缘故,她微微一笑,看了我一眼。

"您的朋友不在,您闷得慌了。"她说。

我笑起来。

"要说为了友谊,我一个月到这儿来一次也就够了,可是我一个星期不止来一次呢。"

说完这话我就站起来,兴奋地从这个墙角走到那个墙角。她也站起来,往壁炉那边走去。

"您说这话是什么意思?"她问,抬起她那对又大又亮的眼睛瞧着我。

我一句话也没回答。

"您说的话不实在,"她想一想,接着说,"您纯粹是要看望德米特利·彼得罗维奇才到这儿来的。就是这样,我也很高兴。在我们这个时代像这样的友谊是不多见的。"

"得!"我暗想,不知道该说什么好,就问道,"您想到花园里去走走吗?"

"不想去。"

我走出去,来到露台上。我的脑子里好像有些小蚂蚁在爬来爬去,我兴奋得浑身发冷。我已经相信我们再谈下去也无非是些最平淡无味的话,我们彼此是不会说出什么特别的话的;不过我又相信,有一件我本来都不敢梦想的事,今天晚上却肯定会发生。今天晚上肯定会发生,要不然就永远也不会发生了。

"多么好的天气啊!"我大声说。

"对我来说,天气好不好都一样。"她回答。

我走进客厅。玛丽雅·谢尔盖耶芙娜照原先那样站在壁炉旁边,双手放在背后,眼睛瞧着一旁,在想什么心事。

"为什么天气好不好在您都一样呢?"我问。

"因为我闷得慌。您只有在您朋友不在的时候才闷得慌,我却老是闷得慌。不过……您对这种事是不会发生兴趣的。"

我在钢琴前面坐下,弹响几个音,等着她再说下去。

"劳驾,请您不必拘礼。"她说,生气地瞧着我,仿佛烦恼得要哭出来似的,"要是您想睡觉,那就请便。您不要认为您既然是德米特利·彼得罗维奇的朋友,就不得不陪着他的妻子一起烦闷。我并不要人家为我做出牺牲。请吧,您去睡觉好了。"

当然,我没有走。她走出去,站在露台上,我一个人留在客厅里,把乐谱翻了五分钟光景。后来我也走出去。我们并排站在帘子的阴影里,下面是浸在月光里的台阶。树木的黑影盖住花坛,伸展到林荫路的黄色沙地上。

"明天我也得走了。"我说。

"当然,既是我的丈夫不在家,您就不可能留在此地,"她讥诮地说,"我可以想象,要是您爱上我,您会觉得多么倒霉!您等着就是,早晚有一天我会不管三七二十一扑到您身上,搂住您的脖子。……我倒要看看您会多么恐慌地从我身边跑开。那才有意思呢。"

她的话和她苍白的脸是气愤的,不过她那对眼睛却充满极其温柔而热烈的爱情。我已经把这个美丽的女人看作我自己的人,这时候我才第一次看出她生着金黄色眉毛,我以前从没见过这样秀丽的眉毛。我想到我马上可以把她搂在我怀里,爱抚她,摸她美丽的头发,就忽然觉得这太离奇,不由得闭上眼睛笑了起来。

"不过现在是睡觉的时候了。……晚安。"她说。

"我可不希望过一个安静的夜晚……"我说,一面笑着一面跟她走进客厅。"要是这个夜晚安静,我倒要诅咒它了。"

我握了一会儿她的手,把她送到房门口。我在她脸上看出她明白我的意思,而且因为我也明白她的意思而暗自高兴。

我回到我的房间。德米特利·彼得罗维奇的一顶便帽放在我桌子上一堆书旁边,这使我想起他的友谊。我拿起手杖,走出门外,到花园去。花园里已经升起白雾,不久以前我在河面上见过的那些又高又细的幽灵,如今正在大树和灌木旁边徘徊,拥抱它们。我却不能跟它们谈话,多么可惜!

在异常清澈的空气里,每片树叶和每颗露珠都清楚地现出它们的轮廓,似乎半睡半醒,在沉静中向我微笑。我走过那些绿色长椅,想起莎士比亚的一出戏里的话:月光在这儿的长椅上睡得多么酣畅!

花园里有一座小山。我爬上小山,坐了下来。一种陶醉的感觉煎熬着我。我拿得准,不久我就会搂住她娇美的肉体,贴紧她,吻她的金黄色眉毛。不过我又想不相信这件事,想嘲笑自己。我想到她没让我费多大的力,这么快就委身于我,反而觉得不自在。

可是这时候,出人意外地响起了沉重的脚步声。林荫路上出现一个中等身材的男人,我立刻就认出他是四十个殉教徒。他在一条长椅上坐下,深深地叹了口气,然后在胸前画三次十字,躺下去。过了一分钟,他坐起来,翻个身又躺下去。蚊子和夜晚的潮气不让他睡着。

"哎,生活啊!"他说,"不幸的、辛酸的生活啊!"

我瞧着他消瘦伛偻的身体,听着他沉重沙哑的叹息声,想起今天有人在我面前吐露的另一种不幸而辛酸的生活,我就不由得心惊胆战,为我的欢乐心境感到害怕。我从小山上下来,往正房走去。

"在他看来,生活是可怕的,"我暗想,"那也就不必跟生活讲客气,索性打碎它,趁它还没碾碎你,凡是可以从它那儿捞到手的,你统统拿过来就是。"

露台上站着玛丽雅·谢尔盖耶芙娜。我默默地抱住她,开始贪婪地吻她的眉毛、鬓角、脖子。……

到了我的房间里,她对我说她爱我已经很久,有一年多了。她为她的爱情对我起誓,她哭着要求我带她一块儿走。我不止一次地把她拉到窗前,好在月光下细看她的脸。我觉得她像是一个美丽的梦,我就赶快抱紧她,好让我相信这是实实在在的事。我已经很久没有经历这种狂热的时光了。……可是,在我心底里,在灵魂深处,我仍旧感到有点别扭,我心神不定。她对我的爱情让人不好受,有点沉重,如同德米特利·彼得罗维奇的友谊一样。这是一种强烈而严肃的爱情,带着眼泪,带着海誓山盟,可是我希望不要有什么严肃的东西,不要有眼泪,不要有海誓山盟,不要谈将来才好。让这个月夜像一颗明亮的流星那样在我们的生活里闪过去,就此完事。

三点钟整,她离开我,走了。我站在门口,瞧着她的背影,走廊的尽头却忽然出现了德米特利·彼得罗维奇。她碰见他,打了个哆嗦,给他让路,周身表现出厌恶的样子。他有点古怪地微笑着,嗽一下喉咙,走进我的房间。

"昨天我把我的便帽忘在这儿了……"他说,眼睛没有朝我望。

他找到便帽,两只手拿起它戴在头上,然后瞧一下我那慌张的脸色,瞧一下我的拖鞋,用一种不像他嗓音的、古怪而嘶哑的声音说:

"我大概命中注定什么事也不会弄明白。如果您明白了什么,那……我就向您道喜。我的眼睛前面是一团漆黑。"

他咳嗽着,走出去。后来我站在窗前,看见他自己在马棚旁边套车。他的手发抖。他匆匆忙忙地干着,时不时地回头看一眼正房,大概他觉得害怕。后来他坐上马车,带着仿佛怕人追来的古怪神情扬起鞭子抽马。

过了一会儿,我自己也走了。太阳已经升上来,昨天的雾胆怯地退缩到灌木和小山那儿去了。四十个殉教徒坐在车夫座位上,他已经不知在什么地方灌饱了酒,醉醺醺地胡扯起来。

"我是自由人!"他对马叫道,"喂,你们这些枣红马!不瞒你们说,我可是个世袭荣誉公民!"

我的脑子里老是想着德米特利·彼得罗维奇的恐惧,这时候,那种恐惧也传染给我了。我想起刚才发生的事,一点也不明白这是怎么搞的。我瞧着那些白嘴鸦,看见它们在飞,不由得觉着奇怪,害怕。

"我为什么做这件事?"我茫然而绝望地问自己,"为什么这件事要落到这样的结局而不是别样的结局?她严肃地爱我,他到我的房间里来取帽子——这种事符合谁的需要,为什么需要呢?帽子跟这有什么相干?"

就在这一天,我动身到彼得堡去了,从此再也没跟德米特利·彼得罗维奇和他的妻子见过面。据说现在他们仍旧在一起生活。

万　卡

　　九岁的男孩万卡·茹科夫三个月前被送到靴匠阿里亚兴的铺子里来做学徒。在圣诞节的前夜,他没有上床睡觉。他等到老板夫妇和师傅们出外去做晨祷后,从老板的立柜里取出一小瓶墨水和一支安着锈笔尖的钢笔,然后在自己面前铺平一张揉皱的白纸,写起来。他在写下第一个字以前,好几次战战兢兢地回过头去看一下门口和窗子,斜起眼睛瞟一眼乌黑的圣像和那两旁摆满鞋楦头的架子,断断续续地叹气。那张纸铺在一条长凳上,他自己在长凳前面跪着。

"亲爱的爷爷,康司坦丁·玛卡雷奇!"他写道,"我在给你写信。祝您圣诞节好,求上帝保佑你万事如意。我没爹没娘,只剩下你一个亲人了。"

万卡抬起眼睛看着乌黑的窗子,窗上映着他的蜡烛的影子。他生动地想起他的祖父康司坦丁·玛卡雷奇,地主席瓦烈夫家的守夜人的模样。那是个矮小精瘦而又异常矫健灵活的小老头,年纪约莫六十五岁,老是笑容满面,眯着醉眼。白天他在仆人的厨房里睡觉,或者跟厨娘们取笑,到夜里就穿上肥大的羊皮袄,在庄园四周走来走去,不住地敲梆子。他身后跟着两条狗,耷拉着脑袋,一条是老母狗卡希坦卡,一条是泥鳅,它得了这样的外号,是因为它的毛是黑的,而且身子细长,像是黄鼠狼。这条泥鳅倒是异常恭顺亲热的,不论见着自家人还是见着外人,一概用脉脉含情的目光瞧着,然而它是靠不住的。在它的恭顺温和的后面,隐藏着极其狡狯的险恶用心。任凭哪条狗也不如它那么善于抓住机会,悄悄溜到人的身旁,在腿肚子上咬一口,或者钻进冷藏室里去,或者偷农民的鸡吃。它的后腿已经不止一次被人打断,有两次人家索性把它吊起来,而且每个星期都把它打得半死,不过它老是养好伤,又活下来了。

眼下他祖父一定在大门口站着,眯细眼睛看乡村教堂的通红的窗子,顿着穿高统毡靴的脚,跟仆人们开玩笑。他的梆子挂在腰带上。他冻得不时拍手,缩起脖子,一会儿在女仆身上捏一把,一会儿在厨娘身上拧一下,发出苍老的笑声。

"咱们来吸点鼻烟,好不好?"他说着,把他的鼻烟盒送到那些女人跟前。

女人们闻了点鼻烟,不住打喷嚏。祖父乐得什么似的,发出一连串快活的笑声,嚷道:

"快擦掉,要不然,就冻在鼻子上了!"

他还给狗闻鼻烟。卡希坦卡打喷嚏,皱了皱鼻子,委委屈屈,走到一旁去了。泥鳅为了表示恭顺而没打喷嚏,光是摇尾巴。天气好极了。空气纹丝不动,清澈而新鲜。夜色黑暗,可是整个村子以及村里的白房顶,烟囱里冒出来的一缕缕烟子,披着重霜而变成银白色的树木、雪堆,都能看清楚。繁星布满了整个天空,快活地眨着眼。天河那么清楚地显出来,就好像有人在过节以前用雪把它擦洗过似的。……

万卡叹口气,用钢笔蘸一下墨水,继续写道:

"昨天我挨了一顿打。老板揪着我的头发,把我拉到院子里,拿师傅干活用的皮条狠狠地抽我,怪我摇他们摇篮里的小娃娃,一不小心睡着了。上个星期老板娘叫我收拾一条青鱼,我从尾巴上动手收拾,她就捞起那条青鱼,把鱼头直戳到我脸上来。师傅们总是耍笑我,打发我到小酒店里去打酒,怂恿我偷老板的黄瓜,老板随手捞到什么就用什么打我。吃食是什么也没有。早晨吃面包,午饭喝稀粥,晚上又是面包,至于茶啦,白菜汤啦,只有老板和老板娘才大喝而特喝。他们叫我睡在过道里,他们的小娃娃一哭,我就根本不能睡觉,一股劲儿摇摇篮。亲爱的爷爷,发发上帝那样的慈悲,带着我离开这儿,回家去,回到村子里去吧,我再也熬不下去了。……我给你叩头了,我会永远为你祷告上帝,带我离开这儿吧,不然我就要死了。……"

万卡嘴角撇下来,举起黑拳头揉一揉眼睛,抽抽搭搭地哭了。

"我会给你搓碎烟叶,"他接着写道,"为你祷告上帝,要是我做了错事,就自管抽我,像抽西多尔的山羊那样。要是你认为我没活儿干,那我就去求总管看在基督面上让我给他擦皮靴,或者替菲德卡去做牧童。亲爱的爷爷,我再也熬不下去,简直只有死路一条了。我本想跑回村子,可又没有皮靴,我怕冷。等我长大了,我就会为这件事养活你,不许人家欺侮你,等你死了,我就祷告,求上帝让你的灵魂安息,就跟为我的妈彼拉盖雅祷告一样。

"莫斯科是个大城。房屋全是老爷们的。马倒是有很多,羊却没有,狗也不凶。这儿的孩子不举着星星走来走去①,唱诗班也不准人随便参加唱歌。有一回我在一家铺子的橱窗里看见些钓钩摆着卖,都安好了钓丝,能钓各式各样的鱼,很不错,有一个钓钩甚至经得起一普特重的大鲶鱼呢。我还看见几家铺子卖各式各样的枪,跟老爷的枪差不多,每支枪恐怕要卖一百卢布。……肉铺里有野乌鸡,有松鸡,有兔子,可是这些东西是在哪儿打来的,铺子里的伙计却不肯说。

"亲爱的爷爷,等到老爷家里摆着圣诞树,上面挂着礼物,你就给我摘下一个用金纸包着的核桃,收在那口小绿箱子里。你问奥尔迦·伊格纳捷耶芙娜小姐要吧,就说是给万卡的。"

万卡声音发颤地叹一口气,又凝神瞧着窗子。他回想祖父总是到树林里去给老爷家砍圣诞树,带着孙子一路去。那种时候可真快活啊!祖父咔咔地咳嗽,严寒把树木冻得咔咔地响,万卡就学他们的样子也咔

---

① 指基督教的习俗:圣诞节前夜小孩们举着用箔纸糊的星星走来走去。

咔地叫。往往在砍树以前,祖父先吸完一袋烟,闻很久的鼻烟,讪笑冻僵的万卡。……那些做圣诞树用的小云杉披着白霜,站在那儿不动,等着看它们谁先死掉。冷不防,不知从哪儿来了一只野兔,在雪堆上像箭似的蹿过去。祖父忍不住叫道:

"抓住它,抓住它……抓住它!嘿,短尾巴鬼!"

祖父把砍倒的云杉拖回老爷的家里,大家就动手装点它。……忙得最起劲的是万卡喜爱的奥尔迦·伊格纳捷耶芙娜小姐。当初万卡的母亲彼拉盖雅还活着,在老爷家里做女仆的时候,奥尔迦·伊格纳捷耶芙娜就常给万卡糖果吃,闲着没事做便教他念书,写字,从一数到一百,甚至教他跳卡德里尔舞。可是等到彼拉盖雅一死,孤儿万卡就给送到仆人的厨房去跟祖父住在一起,后来又从厨房给送到莫斯科的靴匠阿里亚兴的铺子里来了。……

"你来吧,亲爱的爷爷,"万卡接着写道,"我求你看在基督和上帝面上带我离开这儿吧。你可怜我这个不幸的孤儿吧,这儿人人都打我,我饿得要命,气闷得没法说,老是哭。前几天老板用鞋楦头打我,把我打得昏倒在地,好不容易才活过来。我的生活苦透了,比狗都不如。……替我问候阿辽娜、独眼的叶果尔卡、马车夫,我的手风琴不要送给外人。孙伊凡·茹科夫草上。亲爱的爷爷,你来吧。"

万卡把这张写好的纸叠成四折,把它放在昨天晚上花一个戈比买来的信封里。……他略为想一想,用钢笔蘸一下墨水,写下地址:

寄交乡下祖父收

然后他搔一下头皮,再想一想,添了几个字:

康司坦丁·玛卡雷奇

他写完信而没有人来打扰,心里感到满意,就戴上帽子,顾不上披皮袄,只穿着衬衫就跑到街上去了。……

昨天晚上他问过肉铺的伙计,伙计告诉他说,信件丢进邮筒以后,就由醉醺醺的车夫驾着邮车,把信从邮筒里收走,响起铃铛,分送到世界各地去。万卡跑到就近的一个邮筒,把那封宝贵的信塞进了筒口。……

他抱着美好的希望而定下心来,过了一个钟头,就睡熟了。……在梦中他看见一个炉灶。祖父坐在炉台上,耷拉着一双光脚,给厨娘们念信。……泥鳅在炉灶旁边走来走去,摇尾巴。……

凶 杀

一

在普罗贡纳亚火车站上,人们在做晚祷。一群火车站的职工、他们的妻子儿女,还有在沿铁路线一带工作的砍柴人和锯木工人,站在衬着金黄色底子、画得光彩夺目的大神像前面,大家都不出声,被灯火的光亮和外面风雪的吼叫声镇住了。这天虽然已经是报喜节①

---

① 基督教节日,在俄国旧历3月25日,据说天使于此日告知圣母,耶稣将诞生。

的前夜,可是没来由地刮起一场大风雪。主持晚祷的是韦杰尼亚皮诺村的老神甫,唱歌的是诵经士和玛特威·捷烈霍夫。

玛特威的脸快活得放光,他一面唱,一面伸出脖子,仿佛要飞起来似的。他用男高音唱,也用男高音念赞美诗,念得好听而又动人。唱《天使长的声音》的时候,他像指挥一样挥着手臂,极力配合诵经士的沉闷苍老的低音,用男高音唱出异常复杂的调子。从他的脸上可以看出他感到极大的喜悦。

可是后来晚祷结束,人们静悄悄地走散,房间里又黑下来,空荡荡了,紧跟着是一片寂静,这样的寂静是只有在孤零零地坐落在旷野上或者树林里的火车站上,当风声怒吼,此外什么也听不见,人只感到四周一片空洞,只感到慢慢消逝着的生活中种种苦恼的时候才会有的。

玛特威住在他堂兄的小饭铺里,离火车站不远。可是他不想回家。他在铁道食堂的柜台边坐下,对食堂掌柜低声说：

"我们那个瓷砖厂里有我们自己的唱诗班。我得对您说明一下，虽然我们是普通的工匠，可是我们唱得跟真正的歌手一样，好极了。人家常邀我们到城里去，每逢那儿的副主教约安在三圣教堂里主持弥撒，主教的歌手们就在右边唱诗班席位上唱，我们呢，在左边唱。不过城里人总抱怨我们唱得时间太长，他们说工厂里那些人拖得太久。这话是不错的，我们六点多钟开始唱安德烈祷词和赞美歌，到十一点以后才结束，所以回到工厂往往已经十二点多钟了。那可真痛快啊！"玛特威叹道，"简直痛快极了，谢尔盖·尼卡诺雷奇！可是这儿，在家乡，却什么乐趣也没有。最近的一个教堂也在五俄里开外，照我这么弱的身子，要到那儿去就走不动，再说，那儿又没有歌手。至于我们家里，那可是一点安静也没有，成天价吵嚷，骂街，肮脏得很，大家用一个碗吃东西，跟乡下佬一样，白菜汤里有蟑螂。……上帝没有赐给我好身体，要不然我早就走了，谢尔盖·尼卡诺雷奇。"

玛特威·捷烈霍夫还没有老,四十五岁光景,可是他脸上带着病容,起了皱纹,他那把稀得透光的胡子已经完全发白,这就使他显得老了许多岁。他讲起话来声音微弱,谨慎小心,一咳嗽就抓住胸脯,在这种时候,他就像多疑的人那样,目光变得惊恐不安。他从来也没明确地说过他害的是什么病,却喜欢冗长地叙述,有一回他在工厂里抬起一口重木箱,因为用力过度而受了内伤,就此得了一种绞痛症,逼得他辞掉瓷砖厂里的工作,回到家乡来了。至于这种绞痛究竟是什么病,他就说不清楚了。

"老实说,我不喜欢我的哥哥,"他接着说,给自己斟上一杯茶,"他比我年纪大,说他的坏话是罪过,我是敬畏上帝的,可是我忍不住了。他是个傲慢而严厉的人,爱骂人,折磨自己的亲戚和工人,从来也不到教堂里去忏悔。上个星期日我和和气气地央告他:'哥哥,我们到巴霍莫沃村去做弥撒吧!'他却说:'我不去。'他又说:'那儿的神甫是个赌鬼。'今天呢,他也没到这儿来,据他说,因为韦杰尼亚皮诺的神甫吸烟,喝酒。他不喜欢神甫们!他自己做弥撒,做祈祷,做晚祷,他妹妹给他当诵经士。他说:我们向主祷告吧!她就用尖细的声音,像只雌火鸡似的叫道:求主怜恤!……这简直是罪过。我每天都对他说:'明白过来吧,哥哥!忏悔吧,哥哥!'可是他不理。"

食堂掌柜谢尔盖·尼卡诺雷奇斟上五杯茶,拿盘子托着,送往妇女候车室去。他刚走进去,就传来了喊叫声:

"你这是怎么送茶呀,猪猡!你连送茶都不会!"

这是站长的声音。接着响起了胆怯的嘟哝声,然后又是气愤和尖厉的喊叫声:

"滚出去!"

食堂掌柜十分狼狈地走了回来。

"想当初,我伺候过伯爵和公爵,连他们都感到满意,"他轻声说,"而现在,您瞧,我连送茶也不会了。……他当着神甫和太太们的面骂人!"

食堂掌柜谢尔盖·尼卡诺雷奇从前很有钱,在一个头等火车站上开办过食堂,那是在一个省城,有两条铁路交叉的火车站上。那时候,他穿着燕尾服,戴着金表。可是他的生意不好,他把所有的钱都用在豪华的餐具和茶具上了,他雇用的人又盗窃他的钱财,于是他渐渐支持不住,搬到另一个不大热闹的火车站上去了。在那儿,他妻子离开了他,带走了所有的银器,他就搬到第三个更差的火车站上,在那儿已经不供应热菜了。后来他又搬到第四个车站。他一再换地方,越降越低,终于落到普罗贡纳亚车站上,在这儿只卖茶和便宜的白酒,凉菜只有一些煮硬的鸡蛋和一些有焦油气味的硬腊肠,连他自己都讥诮地把这种腊肠叫作只配乐队里的乐师吃的东西。他头顶全秃光,浅蓝色眼睛暴出来,络腮胡子又密又软,他常对着一面小镜子用梳子梳理。对往事的回忆经常折磨他,他怎么也看不惯那种乐师才吃的腊肠、站长的粗暴、爱讨价还价的农民,依他看来，在食堂里讨价还价就跟在药房里讨价还价一样不像话。他为自己的贫穷和屈辱羞愧，这种羞愧现在成为他生活的主要内容了。

"今年春天来得迟，"玛特威听着外面的风声说，"那更好。我就不喜欢春天。春天道路十分泥泞，谢尔盖·尼卡诺雷奇。书上写着什么春天啦，鸟唱歌啦，太阳升上来啦，这有什么意思？鸟就是鸟，别的什么也不是。我呢，喜欢跟好人交往，听人家讲话，自己也谈谈宗教什么的，或者在唱诗班里唱个好听的曲子，至于那些什么夜莺和花朵，去它们的吧！"

他又开始讲瓷砖厂，讲唱诗班，可是受了侮辱的谢尔盖·尼卡诺雷奇怎么也安静不下来，不住地耸肩膀，嘴里念念叨叨。玛特威就告辞，回家去了。

严寒已经过去，房顶上的冰雪已经在融化；可是天正下着大片的雪，雪片在空中很快地旋转，一团团白色的云雾沿着铁路的路基互相追逐。月亮高高地藏在云层后面，铁路两旁的橡树林在月亮的微光里发出严峻的、久久不断的飒飒声。大风摇撼着树木,那些树木的样子多么可怕呀!玛特威在铁道旁边的大道上走着,把脸和手藏在衣服里,风吹打着他的后背。忽然,出现了一匹不大的马,周身是雪,一辆雪橇摩擦着大道上光秃的石板,一个包着头的农民也周身发白,手里挥着鞭子。玛特威回过头去看一眼,可是雪橇也好,农民也好,都不见了,仿佛刚才他看到的全是幻影。他自己也不知道为什么,忽然害怕了,就加紧脚步往前走去。

前面是铁道的道口和看守人住着的一间黑暗的小屋。道口的拦木竖起着。一团团白雪飞舞着,像巫婆在举行狂欢会似的,在道口附近堆积成山。这儿有一条古老的、当初很宽的大路穿过铁道,这条路至今还叫作驿道。右边,离道口不远,捷烈霍夫小饭铺就立在大路旁边,它原是一家驿店。在夜里,那儿老是闪着一点小小的灯光。

玛特威回到家里,这时候,所有的房间以至前堂里都有浓重的神香气味。他哥哥亚科甫·伊凡内奇还在继续做晚祷。做晚祷的祈祷室里,面对门口的墙角上,立着一个神龛,里面有着古老的、披着涂金衣饰的祖先传下来的神像,左右两旁的墙上装饰着一些用旧的和新的笔法画成的神像,装在神龛里或者挂在那儿。一张桌子上铺着垂到地面的桌布,桌上放着一个报喜节的神像,还有柏木的十字架和香炉,点着几支白蜡烛。桌子旁边有一个读经台。玛特威路过祈祷室,站住,往门里看一眼。这时候亚科甫·伊凡内奇正在读经台边念经,他妹妹阿格拉雅跟他一块儿祷告,她是个又高又瘦的老太婆,身穿蓝色的连衣裙,头上扎一块白头巾。亚科甫·伊凡内奇的女儿达淑特卡也在这儿,她是个十八岁的姑娘,长得不好看,满脸雀斑,照例光着脚,穿着傍晚给牲畜饮水时候才穿的连衣裙。

"光荣归于你,你赐给我们光明!"亚科甫·伊凡内奇唱歌般地念着,深深地鞠躬。

阿格拉雅一只手托着下巴,用又尖又细的嗓音拖着长声唱起来。在天花板上面也响起一种不清楚的声音,仿佛在威胁谁,或者预告什么不祥的事似的。很久以前,楼上曾起过一次火,以后就没有人住在那儿。窗子钉上木条,地板上放着一些长方的木料,中间夹杂着空酒瓶。现在风在那儿呼呼作响,好像有个什么人在跑,脚底下绊着那些木料似的。

楼下有一半地方供小饭铺用,另一半住着捷烈霍夫一家人,所以每逢饭铺里有过路的人喝醉了酒吵闹,另外的房间里就可以听见所有的话,一个字也不漏。玛特威住在紧挨着厨房的一个房间里,那儿有一个大炉子,当初开驿店的时候,每天用这炉子烤面包。达淑特卡没有自己的房间,就住在这个房间的火炉后面。那儿到了晚上,总有一只蟋蟀唧唧地叫,有些老鼠跑来跑去。

玛特威点上蜡烛,看一本从车站的宪兵那儿拿来的书。他坐下看书的时候,祷告已经结束,大家都躺下睡了。达淑特卡也躺下了。她立刻打起鼾来,可是不久就醒了,打着哈欠说:

"你,玛特威叔叔,不要没事点蜡烛。"

"这是我的蜡烛,"玛特威回答说,"这是我用自己的钱买来的。"

达淑特卡稍稍翻了翻身,又睡着了。玛特威又坐了很久,他不想睡觉。他看完最后一页,就从箱子里拿出一管铅笔,在书上写道:"我,玛特威·捷烈霍夫,读毕此书,认为此书乃我所读诸书中最嘉(佳)之一本,为此谨向该真(珍)贵之书之主人铁路局宪兵下士库兹玛·尼古拉·菇科夫顺致谢义(意)。"他认为在别人的书上写这类题词是在尽礼貌上的责任。

二

报喜节那天,等邮车开过去以后,玛特威就在食堂里坐下,喝着加柠檬的茶,开口讲话。

食堂掌柜和宪兵茹科夫听他讲话。

"我得告诉你们,"玛特威叙述道,"我从年幼的时候起就坚信宗教了。我刚十二岁就在教堂里念《使徒行传》,我的父母得到很大的安慰。每年夏天我都跟已经去世的母亲去朝拜圣地。人家的孩子往往唱歌或者捉虾,我却跟母亲一块儿赶路。长辈们夸奖我,我自己也为这种安分守己感到愉快。后来我母亲把我送进工厂,我做完工就在那儿的唱诗班里唱男高音,再快活也没有了。当然,我既不喝酒,也不抽烟,更不近女色;可是大家知道,这样的生活方式是人类的敌人①所不喜欢的,他,这个该死的东西,打算毁掉我,就把我的头脑弄得迷迷糊糊,如同现在我的堂兄一样。先是我起过誓,每到星期一就不吃荤腥,别的日子也不吃肉。随着日子一天天地过去,我想出了种种古怪的花样。大斋的头一个星期,到星期六为止,神甫规定吃干粮,不过做工的人和身子弱的人哪怕喝茶也可以;我呢,直到星期日为

---

① 指魔鬼。

止,连一点儿面包也没有进过口,然后,整个大斋期间我不许自己吃一丁点牛油,逢星期三和星期五压根儿就不吃东西。就是在小斋期间也是这样。在彼得节前的斋戒期①,我们厂的工人往往吃鲈鱼汤,可是我躲开他们,在一旁啃面包干。当然,各人的力量是不同的,不过关于我自己,我可以这样说:持斋的日子我并不觉得难受,甚至越认真就越好受。大斋期间,只有起初几天想吃东西,后来也就习惯了,越来越感到轻松,熬到一个星期干脆就没事了,只是腿有点发麻,仿佛不是在走路,而是在腾云驾雾似的。此外,我又为赎罪而受种种的苦:半夜里起床叩头,把很重的石头从一个地方搬到另一个地方,光着脚在雪地上走路,甚至戴上了镣铐。后来,经过一段时期以后,有一次我到一个神甫那儿去忏悔,忽然心头产生了这样的想法:这个神甫一定结了婚,在斋日吃

---

① 彼得节是基督教节日,斋期在俄国旧历6月底。

荤,吸烟,那他怎么能听取我的忏悔呢？如果他犯的罪比我还多,那他有什么权力宽恕我的罪呢？我连葵花子油都不吃,而他恐怕鲟鱼也吃吧。我就到另一个神甫那儿去,而这个神甫呢,偏偏长得满身是肉,穿着绸法衣,走起路来窸窸窣窣地响,像个女人似的,而且他身上也有烟草的气味。我就到修道院去斋戒祈祷,在那儿我的心也不踏实,老觉得那些修士不守清规。这以后我就再也找不到合我心意的祈祷仪式了,有的地方仪式举行得太快,有的地方赞美诗唱得不对头,有的地方诵经士吐字不清,瓮声瓮气。……求主饶恕我这个罪人吧,我站在教堂里,我的心却往往气得发抖。这还怎么能祷告呢？我觉得教堂里的人在胸前画十字的样子不对劲,也不好好听讲道。不管瞧见谁,我都觉得他酗酒,在斋日吃荤,吸烟,好色,只有我才照着十诫生活。狡猾的魔鬼没有睡觉,它越干越欢。我不再在唱诗班里唱歌,而且根本不到教堂去了,我是这样理解我自己的:我是遵守教规的人,而教堂却不完善,不适合我去,也就是说,我像堕落的天使那样自命不凡,狂妄得不得了。这以后,我就忙于布置自己的教堂。我在离城很远靠近墓园的地方一个耳聋的女市民家里租下一个小房间,把它布置成祈祷室,就像我哥哥所做的那样,只是我那儿还有一些烛台和一个真正的手提香炉。我在这个祈祷室里奉行神圣的阿索斯山的教规,也就是说每天做晨祷一定要从午夜开始,在特别隆重的十二个大节日的前夕,晚祷要做十个钟头,有的时候甚至十二个钟头。修士们读赞美诗和念经的时候,按照教规是可以坐着的,可是我有心比修士们更虔诚些,往往一直站到底。我念经和唱歌声音总是拖得很长,眼睛里含着泪水,长吁短叹,举起双手。我做完祷告,不去睡觉,马上就做工,而且做工的时候仍旧不住地祷告。这样一来,全城都传开了:玛特威是个圣徒,玛特威治好许多病人和疯子。当然,我什么人也没治好过;可是大家知道,一有异端邪说出现,女人们总要着魔,简直像苍蝇见了蜜。各式各样的女人和老处女都到我这儿来了,对我叩头,吻我的手,嚷着说我是圣徒,等等,有个女人甚至看见我的头上有光轮。祈祷室渐渐挤不下人,我就租了一个大一点的房间。我们闹得乌烟瘴气。魔鬼完全把我抓住,用它那可恶的蹄子挡住我的眼睛,弄得我看不到亮光。我们都像是发了狂。我念经,那些女人和老处女唱歌,就这样念啊唱啊,很久不吃东西,也不喝水,一连站上一天一夜,或者还要长久些。忽然,她们开始发抖,好像害了热病,随后一个女人大叫一声,另一个也叫起来。真是可怕!我也浑身发抖,好比煎锅上的犹太人,自己也不知道是什么缘故,随后我们的腿跳动起来。真的,怪极了:你本心不想动,可是腿不住地跳,胳膊前后摆动。接着,大家就喊啊,叫啊,不住地跳啊,这个追逐那个,跑来跑去,直到跌倒为止。就这样,在发疯般的迷了心窍的状态中,我搞出淫乱的事来了。"

宪兵笑起来,可是发现别人都没有笑,就变得严肃了，说：

"这是莫罗勘教派①的做法。我在书上读到过，高加索的人们都是这样。"

"可是我总算没有给雷劈死，"玛特威面对神像，在胸前画了个十字，微微动了动嘴唇，接着说，"大概我去世的母亲在那个世界里为我祈祷来着。后来，全城的人都敬重我，把我看作圣徒，就连上流人家的老爷和太太也悄悄地到我这儿来寻求安慰；可是有一天，我到我们工厂老板奥西普·瓦尔拉梅奇家里去请求宽恕（那天是请求宽恕的节日），他就关上房门，扣上门扣，只剩下我们两人，脸对着脸。他开始教训我。我得对你们说明一下，奥西普·瓦尔拉梅奇没有受过教育，然而是个很有头脑的人，大家都尊敬他，怕他，因为他过着严格的、合乎神意的生活，干活勤快。他当过本城的头儿，在教堂里当过二十来年的主事，做过许多好事。

---

① 产生于18世纪60年代从罗斯正教会分离出来的一个教派，主张取消教会和祭司，反对举行仪式，提倡"自我修道"，在家祈祷。

他给整条新莫斯科街铺上碎石子,粉刷过大教堂,把圆柱漆得像是用孔雀石做的。就这样,他关上门,开口说话了:'我老早就想找你谈一谈,你这没出息的家伙。……你以为你是圣徒吗?'他说,'不,你不是什么圣徒,而是叛教者,邪教徒,坏蛋!……'他说了又说。……我没法向你们讲清他都说了些什么,反正说得头头是道,合情合理,跟写在书本上的一样,而且说得十分动人。他说了大约两个钟头。他那些话说到我心里去,我的眼睛睁开了。我听啊听的,哭了起来!他说:'你得做个平常的人,像大家那样吃喝、穿衣服、祷告才是,那些超出常情的行为,都是魔鬼作祟。你的镣铐,'他说,'是魔鬼给你戴上的,你那种持斋是魔鬼出的主意,你那个祈祷室是魔鬼让你布置的。这全是骄傲在作怪。'第二天是大斋的第一个星期一,上帝叫我害了病。我受了内伤,他们就把我送到医院去。我难过极了,不住地痛哭,发抖。我以为自己就要从医院直奔地狱,我差点死掉。我在病床上苦恼地躺了半年,出院以后头一件事就是正正经经去忏悔,领圣餐,重新做人。奥西普·瓦尔拉梅奇准我辞工回家,开导我说:'要记住,玛特威,凡是超出常情的事,都是魔鬼让你干的。'现在呢,我跟大家一样吃喝,跟大家一样祷告了。……要是现在一个神甫身上有烟味或者酒味,我就不敢责难他了,因为神甫毕竟也是平常人啊。只要人家一说城里或者乡下出了一个圣徒,一连几个星期不吃东西,自己定出种种教规,我就明白这是谁干出来的。这就是我一生的历史,诸位先生。现在我也像奥西普·瓦尔拉梅奇一样老是开导我的哥哥和妹妹,责备他们,可是结果我的话成了旷野里的呼声,落空了。上帝没有赐给我这种本领。"

玛特威的这一番话显然没有给人留下什么印象。谢尔盖·尼卡诺雷奇什么话也没有说,动手收拾柜台上的凉菜,宪兵讲起玛特威的哥哥亚科甫·伊凡内奇多么有钱。

"他手里至少有三万。"他说。

恐惧集

宪兵茹科夫长着棕红的头发,满脸是肉(他走路的时候,两颊总是不住地颤动),身体健康,保养得很好。每逢上司不在场,他照例懒散地坐着,一条腿搭在另一条腿上。他讲起话来老是摇晃身子,嘴里满不在乎地吹着口哨,在这种时候他的脸上就有一种自得其乐的满足神情,仿佛刚刚吃饱饭似的。他有钱,一向带着行家的神情谈到钱。他干捐客的行当,谁要卖田产、马匹,或者旧马车,谁就去找他。

"是啊,恐怕总有三万,"谢尔盖·尼卡诺雷奇同意道,"您祖父有很大的家业,"他对玛特威说,"大得很!他死后都传给您父亲和您伯父了。您父亲是在年轻的时候去世的,他死后您伯父就把钱都拿了去,后来就传给亚科甫·伊凡内奇了。您跟您母亲一块儿去朝拜圣地的时候,后来您在工厂里唱男高音的时候,人家趁您不在可没有闲着呀。"

"在您的名下应该有一万五,"宪兵说,摇晃着身子,"所以你们那个小饭铺是你们俩共有的,钱也是共有的。是啊。换了我,我早就去打官司了。我一定到法院里去告状,等到案子开审,我就一拳头把他那张丑脸打出血来。……"

大家都不喜欢亚科甫·伊凡内奇,因为不管什么人,只要他信仰宗教的方式跟大家不一样,那就甚至会惹得对宗教不感兴趣的人也觉得不愉快。宪兵不喜欢他,还因为他也卖马匹和旧马车。

"您不愿意跟您的哥哥打官司,是因为您自己就有很多钱,"食堂掌柜对玛特威说,羡慕地瞧着他,"一个人有了钱就好,而我呢,多半却要在眼下这种情况下死掉。……"

玛特威开始声明他根本就没有钱,可是谢尔盖·尼卡诺雷奇不再听他讲话了。对往事的回忆,每天遭到的耻辱的回忆,一齐涌上他的心头。他的秃顶冒出汗来,脸孔涨得通红,眼睛开始眨巴起来。

"该死的生活!"他烦恼地说,把一根腊肠往地板上一摔。

三

据说驿店是远在亚历山大一世①的时代由一个寡妇开设的,她带着她的儿子住在此地。她的姓名是阿芙多嘉·捷烈霍娃。当初,凡是乘驿车路过此地的人,特别是在月光皎洁的夜间,看见这个搭着顶棚的黑院子和经常关紧的大门,就会生出烦闷和没来由的不安感觉,仿佛这个院子里住着魔法师或者强盗似的。每一次驿车驶过以后,赶车的总要回过头去看一眼,催着马快走。人们不乐意在这儿过夜,因为女东家一向不和气,而且敲过路人的竹杠。哪怕在夏天,院子里也泥泞不堪;有几只大肥猪躺在这儿的泥泞里。那些由女东家贩卖的马不拴起来,就这样走来走去,那些马由于烦闷无聊,常常跑出院子,像发了疯似的在大道上奔

---

① 俄国沙皇,在位时期是自 1801 年起到 1825 年止。

驰,吓坏了朝拜圣地的女人。那时候,这一带很热闹,往往有长串的货车经过,发生过各种事故,例如三十年前有几个赶车工人一时性起,打起架来,打死一个过路的商人,至今离这个院子半俄里路远的地方还立着一个歪斜的十字架。带铃铛的三套马驿车和老爷们沉重的轿式马车常从这里路过,一群群牛羊经过这里,就大声叫着,扬起滚滚的烟尘。

等到铁路修通,这地方起初不过是个小站,称作会让站罢了,后来,过了十年才修起现在这个普罗贡纳亚车站。旧驿道上的活动差不多停止了,只有当地的地主和农民才坐着车子走那条路,春秋两季工人们也成群地走那条路。驿店变成了小饭铺,上面的一层楼烧坏了,房顶的铁皮锈得发黄,天棚渐渐塌下来,可是院子里仍旧有些惹人讨厌的粉红色大肥猪在泥地里打滚。如同从前一样,偶尔院子里跑出来一些马,翘起尾巴,发疯般地在大道上飞奔。饭铺里卖茶叶、干草、燕麦、面粉,也卖白酒和啤酒,既供堂饮,也可外卖。酒是提心吊胆地卖出去的,因为他们从没领到过执照。

一般说来捷烈霍夫一家人素来以笃信宗教闻名,甚至因此得了个外号,叫拜神人家。可是,也许因为他们像熊似的离群索居,躲开人们,用自己的头脑领悟一切;因此他们喜好幻想,喜好在宗教信仰方面变动不定,几乎每一代都按特别的方式信仰宗教。开设驿店的祖母阿芙多嘉是旧教派信徒,而她的一个儿子和两个孙子(玛特威的父亲和亚科甫的父亲)却出入东正教的教堂,在家里招待教士们,在新神像面前就跟在旧神像面前一样虔诚地膜拜。她的儿子到老年不吃肉,硬叫自己忍受不开口讲话的考验,认为一切谈话都是犯罪。她的孙子另有特点,他们不是简单地理解《圣经》,而是经常在那里面寻找隐藏的含义,硬说每个神圣的字眼都包含着一点什么奥秘。阿芙多嘉的曾孙玛特威从小就被种种幻想缠住,差点给毁了。她的另一个曾孙亚科甫·伊凡内奇是个东正教徒,可是自从他妻子死后,他就突然不再到教堂去,而在家里祈祷了。

他的妹妹阿格拉雅学他的样,也走入歧途,她不但自己不到教堂去,而且也不准达淑特卡去。有人还说,阿格拉雅在年轻的时候常到韦杰尼亚皮诺村去找鞭身派①教徒,至今暗中还是鞭身派,因此她戴白色头巾。

亚科甫·伊凡内奇比玛特威大十岁。他是个很漂亮的老人,高身量,蓄着一大把几乎齐腰的白胡子,两道浓眉给他的脸添上一种严厉的以至凶恶的神情。他穿一件上等呢料做的长外衣或者一件用罗曼诺夫羊②皮缝制的黑色短袄,总是极力装束得干净而体面。哪怕在干燥的天气,他也穿着雨鞋。他不到教堂去,是因为依他看来,教堂没有准确地执行规章,因为教士在不合规定的时间喝酒,吸烟。他每天在家里跟阿格拉雅一块儿念经,唱诗。在韦杰尼亚皮诺村,人们在晨祷的

---

① 旧俄的一种神秘论的教派,认为人能同"圣灵"直接交往,不需要神职人员作中介。
② 19世纪在俄国雅罗斯拉夫尔省培育出的一种羊,用这种羊皮做成的皮袄质轻而保暖。

时候根本不念赞美诗,而且即使在大节日也不做晚祷;可是他在家里总是把每天该念的东西统统念完,念得不慌不忙,连一行也不放过,碰到空闲的时候则大声念圣徒传记。在日常生活中,他严格遵守教规,例如,在大斋期间,如果按照教规,"为了守夜"可以在某天饮酒,那么他即使不想喝酒,也必定喝一点。

他念经,唱歌,摇炉散香,持斋,不是为了求得上帝的某种恩惠,而是为了保持生活秩序。人活着不能没有信仰,而信仰必须一年年,一天天,按一定的秩序正确地表现出来,好让人每天早晨和傍晚向上帝述说适合于此日此时说的话,表达恰当、适时的思想。人必须生活,因而他们的祷告必须使上帝满意,他们每天所念所唱的只能是那些让上帝满意的东西,也就是教规所规定的东西,例如《约翰福音》第一章只能在复活节那天念,从复活节起到耶稣升天节①不能唱《这最适宜》,

---

① 基督教纪念耶稣"升天"的节日,教会规定复活节后第40日为此节。

等等。亚科甫·伊凡内奇在祈祷的时候由于体会到这种秩序和它的重要性而感到很大的满足。每逢他迫不得已,必须破坏这种秩序,例如进城办货或者到银行去,他的良心就会痛苦,他就会感到难过。

他的堂弟玛特威出人意外地从工厂回来,在小饭铺里像在家里一样住下以后,一开头就把这种秩序给破坏了。他不肯一块儿祈祷,不按时吃饭喝茶,起床很迟,星期三和星期五喝牛奶,理由似乎是身子弱。几乎每天一到祈祷的时候,他就走到祈祷室去,叫道:"明白过来吧,哥哥!忏悔吧,哥哥!"亚科甫·伊凡内奇听到这话就冒火,阿格拉雅也忍不住骂起来。要不然,在晚上,玛特威悄悄地溜进祈祷室,低声说:"哥哥,你们的祈祷不会使上帝满意的。因为经上说:先去同弟兄和好,然后来献礼物①。你呢,放钱生利,做酒生意。忏悔吧!"

---

① 见《圣经·马太福音》第5章第24节。

恐　惧　集

亚科甫把玛特威的话只看作那些无聊的懒汉惯用的遁词,他们说什么要爱别人,要跟弟兄和睦相处等等,无非是为了借此可以不祷告,不持斋,不念圣书罢了。他们轻蔑地谈到发财和利润,也只是因为他们不爱劳动罢了。要知道,做个穷人,不积钱,不省钱,倒比做阔人轻松得多哩。

可是他仍旧心烦,再也不能像往常那样祈祷了。他刚走进祈祷室,翻开书本,就开始担心他弟弟会一下子走进来,碍他的事。果然,玛特威不久就来了,用发颤的声调说:"明白过来吧,哥哥! 忏悔吧,哥哥!"亚科甫的妹妹骂他,亚科甫也发脾气,大声嚷道:"从我家里滚出去!"那一个却回答他说:"这房子是我们共有的。"

亚科甫重新开始念经,唱歌,可是他再也定不下心来,不知不觉地忽然对着书本沉思默想起来。虽然他认为他弟弟的话毫无道理,可是不知什么缘故,近来连他也想到富人很难进入天国,想起前年他很合算地买过一匹偷来的马,想起他的妻子还在世的时候,有一天,有个酒徒在他的饭铺里喝了酒就死掉了。……

现在他夜里总是睡不好,很惊醒,听见玛特威也没睡着,不住地叹气,想念他那瓷砖厂。夜里亚科甫不住地翻身,常常想起那匹偷来的马,想起那个酒徒,想起福音书上关于骆驼的那句话①。

看来,他那耽于幻想的毛病又开始了。好像故意捣乱似的,尽管这时候已经是三月末,可是天天都下雪,树林像冬天那样飒飒响,使得人没法相信春天总有一天会来到。这种天气弄得人心里烦闷,想吵架,相互憎恨。到晚上,风在天花板上边呜呜地响,似乎空着的楼上住着什么人,这当儿,各种幻想就渐渐在他的头脑里涌现,他的脑袋发热,就毫无睡意了。

---

① 见《圣经·马太福音》第19章第24节:"骆驼穿过针的眼比财主进神的国还容易呢!"

四

受难周①星期一的早晨,玛特威在自己的房间里听见达淑特卡对阿格拉雅说:

"玛特威叔叔有一天说过,用不着持斋。"

玛特威想起前一天晚上跟达淑特卡讲过的一番话,忽然生气了。

"姑娘,别胡说!"他用呻吟的声调说,像害了病似的,"不持斋是不行的,连我们的主也持过四十天的斋呢。我只对你说过:坏人就是持斋也没有什么好处。"

"你去听信那些工人的话好了,他们才会教你干好事呢,"阿格拉雅一面擦地板,一面讥诮地说(她平日照例要擦地板,在这种时候她总要对大家发脾气),

---

① 基督教节日,复活节前的一周。

"谁都知道工厂里持斋是怎么回事。你去问问他,问问你叔叔,他那个'宝贝儿'是怎么回事,他怎么跟她,跟那条毒蛇,一块儿在持斋的日子大喝牛奶。他只顾开导别人,倒把那条毒蛇给忘了。你去问问他:他把他的钱送给谁了,送给谁了?"

有一件事,像个不干净的创伤似的,玛特威总是小心地瞒住大家,那就是在他生活中那段时期,在一些老太婆和少女跟他一起在祈祷中蹦蹦跳跳,跑来跑去的时候,他跟一个女市民发生了关系,她给他生下一个孩子。他动身回家的时候,把他在工厂里积下的钱统统给了那个女人,他的路费还是在房东那儿拿的,如今他身边一共只有几个卢布用来买茶叶和蜡烛。那个"宝贝儿"后来通知他说孩子死了,在信上问他该怎样处置那笔钱。这封信是由一个工人从火车站带回来的,被阿格拉雅截住,看过,这以后她就天天用那个"宝贝儿"来责难他。

"这是闹着玩的吗,九百卢布呐!"阿格拉雅接着说,"把九百卢布一股脑儿送给一条不相干的毒蛇,送给一头工厂里的母马,你真该死啊!"她说,压不住胸中的怒火,尖着嗓子叫道,"你不说话?我恨不得把你撕得粉碎才好,可恶的东西!九百卢布就那么白扔了,像一个小铜钱似的!你原该存起来,记在达淑特卡的名下才是,她究竟是自己人,不是外人嘛,要不然就拿到别列夫那儿去送给玛丽雅那些不幸的孤儿也好。你那条毒蛇怎么会没有死掉,巴不得叫她遭三次诅咒才好,女鬼,叫她永远看不见阳光才好!"

亚科甫·伊凡内奇叫她一声,这时候该开始祈祷了。她就洗干净手,戴上白色头巾,走进祈祷室去找她所爱的哥哥,这当儿她已经变得文静安分了。每逢她跟玛特威讲话,或者在饭铺里给农民们端茶,她总是个消瘦干瘪、目光尖利、凶狠的老太婆,可是一到祈祷室里,她的脸就变得纯洁温顺,不知怎的,她整个模样好像显得年轻了,她装腔作势地行屈膝礼,甚至把嘴唇努成心的形状。

亚科甫·伊凡内奇开始小声念经,音调悲凉,他在大斋期间总是这样念的。他念一会儿,停下来,感受一下整所房子里的宁静气氛,随后又念下去,感到心满意足。他交叉着双手,做出祈求的样子,转动眼珠,摇晃脑袋,长吁短叹。可是忽然传来了说话声。宪兵和谢尔盖·尼卡诺雷奇到玛特威这儿做客来了。家里有外人,亚科甫·伊凡内奇念经和唱歌就觉得拘束。现在他听见说话声,就把念经的音调放低,放慢。在祈祷室里可以听见食堂掌柜说:

"谢波沃村那个鞑靼人准备把他的店出盘,要价一千五。可以现在给他五百,余下的立字据。那么,玛特威·瓦西里奇,请您放心,借给我五百卢布吧。我出一个月两分的利息。"

"我哪儿有钱!"玛特威惊愕地说,"我哪儿有钱啊!"

"一个月两分的利息,这在您等于是天赐的一样,"宪兵解释道,"您那些钱闲放着,无非是叫蛀虫吃掉,再也不会有什么别的结果。"

后来客人们走了,紧跟着是寂静。可是亚科甫·伊凡内奇刚刚开始重新念经和唱歌,房门外面却传来了说话声:

"哥哥,让我用一匹马,我要到韦杰尼亚皮诺村去一趟!"

说话的人是玛特威。亚科甫的心情就又不平静了。

"您用哪匹马?"他想一想,问道,"工人要用那匹枣红马去运猪,我呢,做完祈祷以后要用那匹小马到舒捷依基诺村走一趟。"

"哥哥,为什么您能用马,我就不行?"玛特威生气地问道。

"因为我不是去闲逛,而是去办正事。"

"我们的家产是我们共有的,那么,马也是我们共有的,您应当明白这一点,哥哥。"

紧跟着是沉默。亚科甫没有祷告,等着玛特威从房门那儿走开。

"哥哥,"玛特威说,"我是个病人,我不要这份家业,去它的吧,您拿去就是;不过您至少也该给我一小部分,供我养病用。您给了我,我就搬走了。"

亚科甫没有开口。他很想跟玛特威分居,然而他没法给玛特威钱,因为所有的钱都用在生意上了。再者,捷烈霍夫这个家族历来还没有过兄弟分家的例子。分家无异于破产。

亚科甫沉默着,一直在等玛特威走掉,并且一直望着他的妹妹,生怕她插嘴,又像上午那样相骂起来。最后玛特威总算走了,他就继续念经,可是已经没有兴致了。他老是叩头,因此脑袋发沉,眼睛发黑,听着自己那种平稳悲凉的声调也觉得乏味。他夜间这样灰心丧气,他总是解释作睡不着觉的缘故,可是在白天,这种灰心丧气却使他害怕,他开始觉得好像有些魔鬼骑在他的脑袋和肩膀上。

他好歹做完祈祷,心里不满意,一肚子气,坐上雪橇到舒捷依基诺村去了。去年秋天,有些挖土工人在普罗贡纳亚车站附近挖一条划分地界的深沟,在小饭铺里吃喝,花掉十八个卢布,现在必须到舒捷依基诺村去找他们的包工头,向他要这笔钱。由于天气转暖,又下过一场暴风雪,道路受到破坏,颜色发黑,坑坑洼洼,有的地方塌了下去。两边的雪层已经下陷,比路面都低,因此他像是沿着一条狭窄的路堤赶路,迎面有雪橇过来就很难让路。天空从早晨起阴云密布,刮着潮湿的风。……

迎面有一长串雪橇来了,那是村妇们在运砖。亚科甫不得不离开大道,他的马就走进齐它肚子深的雪地里。他这辆雪橇往右边倾斜,他怕自己跌下去,就往左边歪,照这样一直坐到那一长串雪橇慢慢驶过去为止。他在风声中听见那些雪橇吱吱嘎嘎地响,那些瘦马呼呼地吐气,听见村妇们在说他:"拜神的人来了。"有一个女人怜惜地瞧着他的马,很快地说:

契诃夫小说选集

"看样子,这雪在叶果里节①前化不了。这些马苦死了!"

亚科甫坐得不舒服,歪着身子,被风吹得眯细眼睛,眼前不住地晃过那些马和红砖。也许因为他坐得不舒服,腰酸,他忽然心烦起来,觉得现在坐车去办的那件事显得不重要了,心里想明天派个工人到舒捷依基诺去一趟算了。不知什么缘故,就像昨天那个无眠的夜晚那样,他又想起那句关于骆驼的话,随后各种往事涌进他的头脑,他时而想起卖那匹偷来的马的农民,时而想起那个酒徒,时而想起那些拿着茶炊到他这儿来押钱的村妇。当然,每个商人都想极力多赚些钱,可是亚科甫却因为自己是生意人而感到厌倦,巴不得到一个什么地方去远远地躲开这种行当才好,他想到今天他还得做晚祷就觉得气闷。风直吹到他脸上来,飕飕响地灌进他的衣领,仿佛他这些想法都是风从白皑

---

① 纪念殉教徒叶果里的节日,在俄历4月23日。

皑的辽阔田野上带来,低声讲给他听的。……亚科甫眼望着这片从小就熟悉的田野,回想当初他年纪还轻,种种幻想涌上他的心头,他的信仰发生动摇的时候,也有过这样不安的心情和这一类想法。

他孤零零地待在田野上觉得害怕,就拨转马头,悄悄地跟着那一长串雪橇驶去,那些村妇就笑起来,说:

"拜神的人往回走了。"

这天持斋,家里没有做菜,也没有烧茶炊,因此白昼显得很长。亚科甫·伊凡内奇早就把马牵到马棚里,派人把面粉送到火车站去,有两次开始念赞美诗,可是这时候离傍晚还很远。阿格拉雅已经擦完所有的地板,闲着没有事做,就收拾她那口箱子,箱盖的里面贴满酒瓶上的商标纸。玛特威饿着肚子,神情忧郁,坐在那儿看书,要不然就走到荷兰式壁炉跟前,久久地打量那些使他联想到工厂的瓷砖。达淑特卡在睡觉,后来醒了,就牵着牲口去饮水。她从井里打水,井绳断了,水桶就掉进水里。雇工去找钓竿,好把水桶钩上来，达淑特卡光着两只像鹅掌那么红的脚，跟着他在泥泞的雪地上走，嘴里念叨着："那儿可远了！"她的意思是想说水井太深，钓竿够不着水桶，可是雇工没有听懂她的话，而且显然讨厌她，因为他忽然回转身来，骂她一句难听的话。这时候亚科甫·伊凡内奇正巧走到院子里来，听见达淑特卡像放连珠炮似的回了一长串不堪入耳的骂人话，像这种话她只能是在小饭铺里从喝醉酒的农民那儿学来的。

"你说什么，不要脸的丫头？"他对她叫了一声，甚至吓坏了，"你说的是什么话？"

她茫然瞧着她的父亲，呆住了，不明白为什么不能说这种话。他想教训她一顿，可是他觉得她是那么粗野，那么愚昧；她在他家里生活了这许多年，直到现在他才第一次想到她没有任何信仰。而且，这种在树林里、在雪地里、跟喝醉酒的农民在一起、骂声不绝的生活，依他看来跟这个姑娘一样粗野和愚昧，于是他没有教训她，光是挥一下手，就走回房间去了。

这时候宪兵和谢尔盖·尼卡诺雷奇又来找玛特威。亚科甫·伊凡内奇想起这些人也没有任何信仰,而这并没有使他们感到不安。他开始觉得这种生活古怪,荒唐,黑暗,跟狗的生活一样。他没有戴帽子,在院子里走来走去,然后走出大门,来到大路上,捏紧拳头向前走去。这时候天下着鹅毛大雪,他的胡子迎风飘动,他不住地摇晃脑袋,因为有个什么东西压着他的头和肩膀,好像有些魔鬼骑在那上面似的。他觉得走路的不是他,而是一头野兽,一头巨大而狰狞的野兽,如果他大喊起来,他的声音就会像是吼叫,响遍整个旷野和树林,吓坏所有的人。……

五

他回到家里,宪兵已经不在,不过食堂掌柜还坐在玛特威的房间里,打着算盘计算什么。这个人从前就常到小饭铺里来,几乎天天都来。从前他来找亚科甫·伊凡内奇,最近他来找玛特威了。他不住地打算盘,同时脸色紧张,满头大汗,他要么借钱,要么摩挲着络腮胡子,讲起从前他在第一流火车站上怎样给军官们调制克吕尚酒①,在隆重的宴会上亲自给客人们舀鲟鱼汤。在这个世界上,除了食堂以外他对任何东西也不感兴趣,他只会谈吃食、餐具、酒。有一回,他给一个正在喂婴儿吃奶的年轻女人端茶去,想对她说一句好听的话,就开口道:

"母亲的胸脯是娃娃的食堂。"

他在玛特威的房间里打着算盘,开口借钱,说他再也不能在普罗贡纳亚车站生活下去了。他反反复复说了好几次,听他那声调仿佛要哭一场似的:

"可是我到哪儿去啊?请问,我现在能到哪儿去啊?"

后来玛特威走到厨房,拿起一个大概昨天藏起来

---

① 一种将白葡萄酒和朗姆酒或白兰地酒混合并添加新鲜水果、糖调制而成的。

的煮熟的土豆,开始剥皮。四下里静悄悄的,亚科甫·伊凡内奇以为食堂掌柜已经走了。这时候已经过了做晚祷的时候。于是他叫来阿格拉雅,心想家里没有外人,就无拘无束地大声唱起来。他唱歌,念经,可是心里却说着另外的话:"主啊,饶恕我！主啊,拯救我！"他接连叩头,中间也不歇一歇,仿佛要弄得自己疲乏似的。他不住地摇头,弄得阿格拉雅吃惊地瞧着他。他生怕玛特威走进来,而且断定他会走进来,就对他生出反感,无论是祷告还是不断地叩头都没法克制这种反感。

玛特威悄悄推开门,走进祈祷室里来了。

"罪过,什么样的罪过啊！"他叹了口气,责备说,"忏悔吧！醒悟过来吧,哥哥！"

亚科甫·伊凡内奇捏紧拳头,不看他,免得动手打他,然后赶快从祈祷室里走出去。他跟昨天在大路上一样,感到自己像一头巨大而狰狞的野兽。他穿过前堂,走进一个灰色而肮脏的、弥漫着雾气和烟子的房间，通常农民们就是在那儿喝茶的。他在那儿从这个墙角到那个墙角来回走了很久，下脚很重，弄得架子上的碗盏叮当响，桌子摇摇晃晃。他已经明白，他不满意自己的信仰，不能再像以前那样祷告了。必须忏悔，必须清醒过来，明白过来，换一个样子生活和祷告才行。可是该怎样祷告呢？也许这一切都只是魔鬼在作怪，根本就不必要？……该怎么办呢？怎样做才对呢？谁能教导他？多么孤立啊！他停住脚，抱住头，开始思索，可是玛特威就在近处，这妨碍他平心静气地考虑问题。他就赶快走回房间去。

玛特威坐在厨房里，面前放着一个装土豆的碗，他正在吃土豆。在旁边，靠近火炉的地方，阿格拉雅和达淑特卡面对面坐着缠线。在火炉和玛特威坐在那儿吃土豆的桌子中间，搁着一块熨衣板，上面放着一个凉熨斗。

"好姐姐，"玛特威央求说，"让我吃点油吧！"

"这种日子谁能吃油？"阿格拉雅问道。

"我不是修士,而是俗人,好姐姐。我身子弱,漫说是油,就是牛奶,我也可以吃的。"

"是啊,在你们那个工厂里,什么都行。"

阿格拉雅从架子上取下一瓶葵花子油,气冲冲地砰的一声放在玛特威面前,幸灾乐祸地微笑着,想到他是一个大罪人,显然很满意。

"我跟你说,你不能吃油!"亚科甫叫道。

阿格拉雅和达淑特卡打了个哆嗦。玛特威仿佛没听见似的,往碗里倒了油,接着吃土豆。

"我跟你说,你不能吃油!"亚科甫脸孔涨得通红,叫得更响了,他忽然抓住那个碗,把它举过头顶,用尽气力往下一砸,弄得碎片飞了起来。"不准你说话!"他用狂暴的声音说,其实玛特威根本就没开口。"不准你说!"他又说一遍,用拳头捶桌子。

玛特威脸发白,站起来。

"哥哥!"他说,继续嚼着土豆,"哥哥,清醒过来吧!"

"马上从我家里滚出去!"亚科甫叫道,他厌恶玛特威那张布满皱纹的脸、他的说话声、他胡子上的碎屑、他嘴里嚼着的东西,"滚出去,我跟你说!"

"哥哥,您平平火气吧!魔鬼的骄傲把您的心窍迷住了!"

"闭嘴!"亚科甫顿着脚说,"出去,魔鬼!"

"老实告诉您,"玛特威接着大声说,也开始生气了,"您是叛教者,邪教徒。该死的魔鬼迷住了您的眼睛,叫您看不见真正的光明。您的祷告不会使上帝高兴的。趁现在还不迟,您忏悔吧!罪人可是不得好死的!忏悔吧,哥哥!"

亚科甫抓住他的肩膀,把他从桌子旁边拉开。玛特威脸色越发苍白,他吓坏了,心慌意乱,喃喃地说:"怎么回事?怎么回事?"他挣扎着,极力想挣脱亚科甫的手,无意间抓住他脖子边的衬衫,把衣领撕破了。阿格拉雅以为他要打亚科甫,就大叫一声,拿起那个装油的瓶,使尽气力照准她所痛恨的弟弟的头顶砸下去。

玛特威身子摇摇晃晃,他的脸一刹那间变得平静而淡漠。亚科甫呼呼地喘气,心情激动,听见那个砸在头上的油瓶像活东西似的咔嚓一响,不由得心里高兴。他扶住玛特威,不让他倒下去,有好几次(这他记得很清楚)对阿格拉雅指指那个熨斗。直到血从他手上流下来,达淑特卡放声痛哭,直到那块熨衣板砰的一声掉下地,玛特威沉重地倒在那块板上,亚科甫才不再感到愤恨,明白发生了什么事。

"叫他咽了气才好,工厂里的畜生!"阿格拉雅厌恶地说,没有放开手里的熨斗,那块溅上血的白头巾从她的肩膀滑下地,她的白头发披散开来,"他活该!"

一切都可怕。达淑特卡坐在炉子旁边的地板上,手里拿着线,呜呜地哭着,不住地躬身弯腰,每一次弯腰喉咙里就发出"唉,唉"的声音。可是对亚科甫说来,再也没有一样东西比那个泡在血里的熟土豆更可怕,他不敢伸出脚去踩它。另外还有一件可怕的事像噩梦似的压着他,显得极其危险,而且起初他无论如何也明白不过来。那就是门口站着食堂掌柜谢尔盖·尼卡诺雷奇,手里拿着算盘,脸色十分苍白,害怕地瞧着厨房里发生的事。直到他扭转身,快步走进前堂,从那儿走出门外,亚科甫才明白他是谁,就跟踪追出去。

他一面走一面用雪擦干净手,心里寻思着。他一下子想起他家里的雇工已经请假回家,到村子里去过夜,早就走了。昨天他家里杀过一头猪,雪地上和雪橇上有大块的血污,就连井架的一边也溅上了血;因此,如果现在亚科甫一家人身上都有血迹,也不会引起别人的怀疑。遮盖这个凶杀案是痛苦的,然而不久宪兵就会从火车站走来,吹着口哨,现出讥诮的笑容;农民们也会到这儿来,捆紧亚科甫和阿格拉雅的手,得意扬扬地把他们押到乡公所,从那儿再押往城里,一路上大家会对他们指指点点,高兴地说:"把拜神人家押走了!"——这一切,亚科甫觉得比任何事都使他痛苦,他一心想好歹把时间拖延一下,免得现在就经历这种耻辱,留到将来再说。

"我可以借给您一千卢布……"他追上谢尔盖·尼卡诺雷奇,说,"要是您把这件事张扬出去,那不会得到什么好处……反正人死了不会复活。"他说,几乎跟不上食堂掌柜的脚步,食堂掌柜头也不回,极力加紧脚步往前走。亚科甫接着说:"我可以给您一千五。……"

他停住脚,因为喘不过气来了,而谢尔盖·尼卡诺雷奇仍旧很快地往前走,大概怕他们把他也杀死。一直到走过铁道的道口,走完从道口到火车站的那条马路的一半,他才匆匆回头看一眼,脚步放慢了。火车站上,铁路线上,已经点起红色和绿色灯火。风停了,可是鹅毛大雪还在下,大路又变白了。不过,等到谢尔盖·尼卡诺雷奇快要走到火车站了,他却停住脚,沉思一会儿,坚决地转身往回走。这时候天黑下来了。

"请您给我一千五,亚科甫·伊凡内奇,"他小声说,周身发抖,"我同意。"

六

亚科甫·伊凡内奇的钱存在本城的银行里,投资在再抵押放款上。他在家里留下的钱不多,只供必要的周转用。他走进厨房,摸到装火柴的白铁盒。火柴上的硫黄燃烧起来,借着蓝色的光,他一眼看清了玛特威,死者照旧躺在桌旁的地板上,可是身上已经盖好一块白被单,只露出他的靴子。一只蟋蟀在唧唧地叫。阿格拉雅和达淑特卡不在房间里,她俩正坐在茶室里柜台旁边默默地缠线。亚科甫·伊凡内奇拿着一盏小灯走回自己的房间,从床底下拉出一口小箱子,其中装着日常开支用的钱。这一回,箱子里一共有四百二十一个卢布的小钞票和三十五个银卢布。钞票冒出不好闻的浓重气味。亚科甫·伊凡内奇把钱装在帽子里,进入院子,然后走出大门外。他一面走一面往两边张望,可是食堂掌柜不在。

"喂!"亚科甫叫一声。

从道口的拦木那儿走出一个乌黑的人影,迟疑不决地往他这边走过来。

"为什么您四处乱走?"亚科甫认出食堂掌柜,恼火地说,"给您:这儿差不多有五百卢布。……家里没有多的了。"

"好……多谢多谢,"谢尔盖·尼卡诺雷奇贪婪地抓住钱,塞进衣袋,喃喃地说,他周身发抖,尽管天黑,这却是一眼就看得出来的,"您,亚科甫·伊凡内奇,管自放心。……我何苦去张扬呢?我跟这件事不相干,我来过一趟,后来就走了。俗话说得好,啥也不知道,啥也没瞧见……"他说,接着叹口气,补充一句,"这该死的生活啊!"

他们默默无言地站了一会儿,谁也不看谁。

"您为了点小事,上帝才知道是怎么搞的……"食堂掌柜说,身子发抖,"我本来坐在那儿,算我的账,忽然听见吵闹声。……我往房门里一看,您正为了斋期用的油……如今他在哪儿?"

"躺在厨房里。"

"您得把他搬到别处去。……还有什么可等的?"

亚科甫默默地把他送到火车站,然后走回家里,套上马,准备把玛特威送到里玛罗沃去。他决定把他送往里玛罗沃树林,丢在大路上,然后对大家说,玛特威到韦杰尼亚皮诺村去了,没有回来,于是大家就会认为他是在路上被人杀害的。他知道这骗不了谁,可是活动一下,做点事,忙忙碌碌,总不像坐在这儿干等着那么难受。他把达淑特卡叫来,跟她一块儿把玛特威运走。阿格拉雅留下来收拾厨房。

亚科甫和达淑特卡回来的时候,道口的拦木放下来了,他们只好停住。一长列货车由两个火车头拉着,开过来,沉重地吐气,从炉膛里喷出一股股紫红色的火焰。前面的火车头在道口那儿看见火车站,就发出刺耳的尖叫声。

"拉汽笛了……"达淑特卡说。

最后,这列火车开了过去,看守人不慌不忙地把拦木升起来。

"是你吗,亚科甫·伊凡内奇?"他说,"我没认出来,那你要发财了。"

后来,他们回到家里,该睡觉了,阿格拉雅和达淑特卡就在茶室里地板上并排躺下,亚科甫躺在柜台上。他们睡下以前,没有向上帝祷告,也没有点亮神像前面的灯。三个人都睡不着,一直熬到天明,可是一句话也没说,通宵觉得上面那个空楼里似乎有人在走动。

过了两天,从城里来了区警察局局长和一个侦查官,先在玛特威的房间里,后来在整个小饭铺里搜查一遍。他们先审问亚科甫,亚科甫供述,玛特威在星期一傍晚到韦杰尼亚皮诺村去受圣餐,在路上大概被那些眼前在铁路线上做工的锯木工人打死了。侦查官问他:为什么玛特威躺在大路上,而他的帽子却留在家里,难道他会不戴帽子到韦杰尼亚皮诺村去?为什么他的头给人砸破,他脸上和胸前满是乌黑的血迹;而大

路上,他身旁的雪地上,却连一滴血也没有?亚科甫心慌意乱,茫然失措,回答说:

"不知道,老爷。"

亚科甫非常害怕的一件事终于发生了:宪兵来了。本村的警察在祈祷室里不住地吸烟,阿格拉雅对他破口大骂,而且把区警察局局长也骂一顿。后来,亚科甫和阿格拉雅从院子里被押出去,农民们挤在大门口,说:"拜神的人给押走了!"大家似乎挺高兴。

在审讯中,宪兵直截了当地指出:亚科甫和阿格拉雅杀害玛特威为的是不把家产分给他;玛特威自己有钱,如果没有搜到这笔钱,那显然是被他们吞没了。达淑特卡也受到审问。她说玛特威叔叔和阿格拉雅姑姑为了钱天天相骂,几乎打起来,叔叔有钱,因为他甚至送过他的一个什么"宝贝儿"九百卢布。

达淑特卡独自留在小饭铺里。现在再也没有人来喝茶或者喝酒了。她时而收拾房间,时而喝蜂蜜,吃小面包圈。可是过了几天,道口看守人受审,他说星期一深夜看见亚科甫和达淑特卡一道从里玛罗沃来。达淑特卡就也被捕,押进城去,下了狱。不久又从阿格拉雅的供词里弄明白,行凶的时候谢尔盖·尼卡诺雷奇也在场;于是,他的家被搜查一遍,在一个不平常的地方,在火炉底下的一双毡靴里,找到了那笔钱,都是些一卢布的小票子,共三百张。他起誓说这些钱是他做生意赚来的,又说他有一年多没到小饭铺里去了,可是证人们供称,他穷,近来非常缺钱,每天都到小饭铺去向玛特威借钱。宪兵说,发生命案的那天,他自己就跟食堂掌柜到小饭铺里去过两次,帮他去借钱。大家连带想起来,谢尔盖·尼卡诺雷奇星期一傍晚没有在车站接一列客货混合列车,不知到什么地方去了。于是他也被捕,给押进城去了。

过了十一个月,法院开庭公审。

亚科甫·伊凡内奇老多了,也瘦多了,讲起话来声音很低,跟病人一样。他觉得自己衰弱,可怜,比别人低一头,看来,由于他在监狱里一刻不停地感到良心的

痛苦,受到幻想的折磨,他的灵魂也像肉体那样苍老、憔悴了。当问题涉及他平日不去教堂的时候,审判长问他:

"您是分裂派①教徒吗?"

"不知道,老爷。"他回答说。

他已经没有任何信仰,什么也不知道,什么也不理解,现在,他觉得往日的信仰可憎,不合理,愚蠢了。阿格拉雅一点也没有驯顺,仍旧痛骂故去的玛特威,把所有的不幸都归咎于他。谢尔盖·尼卡诺雷奇脸上,原来长络腮胡子的地方如今长起一把大胡子。他在法庭上出汗,脸红,由于身上穿着灰色囚衣并且跟普通的农民同坐在一条长凳上而觉得难为情。他笨拙地为自己辩护,为了要证明他有整整一年没到小饭铺去而跟每个证人吵架,旁听的人都笑他。达淑特卡在监狱里发胖了。在法庭上她听不懂法官问她的话,光是说玛特

---

① 分裂派,即旧礼仪派,从俄罗斯正教中分裂出来的教派,不接受17世纪教会的改革,反对并敌视官方的俄罗斯正教会。

威叔叔被打死的时候,她害怕得很,不过后来也就没有什么了。

四个人都被判定犯了图财害命罪。亚科甫·伊凡内奇被判处服苦役二十年,阿格拉雅十三年半,谢尔盖·尼卡诺雷奇十年,达淑特卡六年。

七

一天,夜色很深了,一条外国轮船在萨哈林岛①杜艾锚地停下来,需要上煤。人们请求船长等到天亮再上,可是他一个钟头也不愿意等,说如果夜里天气变坏,他就要冒不上煤就把船开走的风险。在鞑靼海峡,天气能在半个钟头里大变,遇到那种时候,库页岛的海岸就变得很危险。天已经在变了,海上已经掀起了大浪。

---

① 即库页岛,在西伯利亚东边,是俄国苦役犯服刑的地方。

契诃夫小说选集

督军监狱是库页岛最丑陋、最阴森的一座监狱,这时候,有一伙犯人从这座监狱里出来,给押到煤矿场上去。他们得把煤装上驳船,再由汽艇用曳索把驳船拖到离海岸半俄里以外停泊的轮船旁边,然后动手卸煤——这是一种劳苦的工作,因为驳船不住地撞着轮船,犯人由于晕船而几乎站不稳。苦役犯刚从床上让人叫起来,昏昏沉沉,顺着海岸走去,在黑地里跌跌撞撞,镣铐哗啷哗啷地响。左边隐约可以看见一道又高又陡的岸坡,样子非常阴森。右边是浓重的、伸手不见五指的黑暗,海洋就在这团黑暗中呻吟,发出悠长而单调的声音:"啊——啊——啊——啊——",只有在狱吏点燃烟斗,一瞬间照亮持枪的押解兵和两三个最靠近的、脸容粗鲁的犯人的时候,或者狱吏拿着提灯走近水边的时候,才可以看清前边海浪白花花的峰尖。

亚科甫·伊凡内奇就在这批犯人中间,他因为胡子长而在苦役犯当中得了个外号,叫"筲帚"。他的本名和父名早已没有人叫了,大家简单地叫他亚什卡。

他在这儿的境况很糟,因为他到这个服苦役的地方住了三个月以后,感到一种强烈的、无法克制的欲望,一心要回家乡去,他经不住这种诱惑,逃跑了,可是很快就给人捉住,被判终身苦役,并且挨了四十鞭子。后来他又有两次挨打,因为他失掉了公家发下的囚衣,其实两次都是被人偷去的。他思念家乡是从他被押到敖德萨去的路上,囚犯列车半夜在普罗贡纳亚火车站停下的时候开始的。那当儿,他用脸贴着窗子,极力要看见他的故居,可是在黑暗中什么也没有看见。

他找不到一个人可以谈谈他的家乡。他的妹妹阿格拉雅被发配到西伯利亚去服苦役刑了,如今她在哪儿,不得而知。达淑特卡住在库页岛上,可是被指定跟一个移民流刑犯一起住在遥远的村落里,他得不到她的任何消息。只有一次,有个移民流刑犯关进督军监狱来,对亚科甫讲起达淑特卡已经有三个孩子了。谢尔盖·尼卡诺雷奇在此地一个文官家里做仆人,住得不远,就在杜艾,可是亚科甫·伊凡内奇并不指望跟他见面,因为他认为跟平民身份的苦役犯相识是丢脸的。

这批人来到煤场,分布在码头上。据说用不着装煤了,因为天气越来越坏,轮船像要准备驶走了。这时候可以看见三处灯光。其中一处在移动,那是一艘驶向轮船的汽艇,此刻,它似乎在往回驶,来通知他们要不要干活。由于秋天的寒意和海水的潮气,亚科甫·伊凡内奇身子发抖,就把他那件很短的破皮袄裹一裹紧,凝神朝他家乡的那个方向望,眼睛也不眨一下。自从他跟那些从四面八方被驱逐到这儿来的人——俄罗斯人、乌克兰人、鞑靼人、格鲁吉亚人、中国人、芬兰人、茨冈人、犹太人等,同住在一个监狱里,自从他倾听他们的谈话,看到他们的苦难以后,他又开始皈依上帝,觉得自己终于认清真正的信仰了,而这个信仰,正是他一家人,从奶奶阿芙多嘉起,就十分渴望,寻求很久,却没有找到的。他已经什么都知道了,他明白上帝在哪儿,应该怎样侍奉他,只有一件事不明白,那就是为什么人们的命运这样不同,为什么这个信仰别人毫不费力就从上帝那儿连同生命一齐得来了,而他却要付出这样高昂的代价,弄得他只要想到,直到他死为止,这种种恐怖和苦难显然一刻也不会间断,他的胳膊和腿就像醉汉那样索索地抖起来。他紧张地凝望着黑暗,觉得好像透过几千俄里的黑暗看见了他的家乡,看见他出生的省,他的普罗贡纳亚县,看见那儿的黑暗、野蛮、残酷,以及那些不再跟他往来的人麻木的、严峻的、兽性的冷漠。他的目光由于泪水而模糊了,可是他仍旧瞧着远方,那儿微微闪着轮船上苍白的灯光。他思念家乡,把心都想痛了,他一心想生活,想回到家乡去,在那儿谈谈他的新信仰,一心想把人们从灭亡中救出来,哪怕只救出一个也好,一心想没有痛苦地生活下去,哪怕只活一天也好。

汽艇到了,狱吏大声宣布说:用不着装煤了。

"向后转!"他下命令,"立正!"

人们听见轮船起锚了。刺骨的大风刮起来,陡岸的顶上有些树木吱嘎吱嘎地响。大概要起风暴了。

风 滚 草[①]

旅 途 素 描

我做完彻夜祈祷归来。圣山修道院钟楼上的时钟响起一阵轻柔悦耳的乐声,算是序曲,然后敲了十二下。修道院的大院子坐落在圣山脚下顿涅茨河边,院子四周立着一栋栋作客房用的高屋子,像是围墙。此刻,在夜间,只有昏暗的挂灯、窗里的灯火、天上的繁星照着这个院子,看上去,这个地方就像是一锅沸腾的大

[①] 一些草本植物的总称,生长在草原和沙漠中,其茎折断,被风吹到草原各地。

杂烩,充满了活动和声音,处于最奇特的混乱中。整个院子,从这头到那头,一眼望过去,密密麻麻,挤满各种大车、带篷马车、带篷大车、双轮马车、大篷车,旁边拥挤着黑马、白马、竖起犄角的公牛。人们来来往往,穿着黑色长袍的见习修士在四处奔走。窗里投出来一条条亮光和阴影,在车子上、人头上、马头上移动。这一切在浓重的昏暗中显出极其离奇而且变化莫测的形状:时而一根立起的车杆照直伸到天空去了,时而马脸上现出火一般的眼睛,时而见习修士身上长出一对黑色的翅膀。……空中响着谈话声、马喷鼻子和嚼东西的声音、孩子的哭叫声、马车的吱吱嘎嘎声。新来的人群和迟到的大车纷纷涌进院门里来。

陡峭的山坡上生长着松树,重重叠叠,向客房的房顶弯下腰来,凝望着院子,如同凝望着深渊似的,带着惊讶的样子倾听着。在漆黑的密林深处,杜鹃和夜莺不停地叫唤。……瞧着这种纷乱,听着这种闹声,人就会觉得,在这种沸腾的大杂烩里,谁也不了解谁,大家都在找什么东西而又找不着,这许许多多大车、带篷马车、人,从今以后未必能逃出这个院子了。

每到圣约翰节和奇迹创造者圣尼古拉节,聚集到圣山来的人总有一万名以上。不但客房住满了人,就连面包房、裁缝铺、木器作坊、马车房……也都挤得满满的。凡是晚间到达此地、等着指定过夜地点的人,都聚在墙边、井旁或者客房的狭窄过道上,好比一群群秋天的苍蝇。那些年轻的和年老的见习修士不断地走动,无法休息,也没有换班的希望。白天也好,深夜也好,他们给人的印象永远像是一些正为一件什么事焦急不安、急着要赶路的人。尽管十分疲劳,他们的脸都一概显得活泼而殷勤,声调亲切,动作敏捷。……他们得为每个坐车或者步行来到此地的人找到住处,领他们去,供他们吃喝。对耳聋的、头脑不清的或者问个没完的人,他们还得冗长而不厌其烦地说明,为什么没有空房间,几点钟做祈祷,什么地方卖圣饼,等等。他们得奔走,送东西,不住嘴地讲话,此外还得客气,周到,极力使马里乌波尔城那些比乌克兰人生活得安逸的希腊人跟别的希腊人住在一块儿,不让巴赫穆特城或者利西昌斯克城那些装束"上流"的小市民跟农民们住在一起,免得惹他们生气。时不时地传来喊叫声:"神甫,劳驾给我点克瓦斯①!劳驾给我点干草!"或者:"神甫,行过忏悔礼后,我可以喝水吗?"见习修士就得把克瓦斯或者干草送去,或者回答说:"太太,请您去问接受忏悔的神甫吧。我没有权力准许您。"跟着就来了新的问题:"接受忏悔的神甫在哪儿呢?"于是见习修士又得说明神甫的修道室在什么地方。……尽管这样忙忙碌碌,他们还得抽出工夫到教堂去做礼拜,到贵族客房去伺候,详细地回答有知识的朝圣者喜欢提出的一大堆无聊的和不无聊的问题。人瞧着他们一天到晚奔忙,很难理解这些活跃的黑衣人什么时候有空坐下来休息,什么时候有空睡觉。

---

① 俄国的一种用麦芽或黑麦面包等制成的清凉饮料。

我做完彻夜祈祷回来,走到那所指定我下榻的客房,门口正站着一个掌管宿舍的修士。他身旁台阶上,有几个城里人装束的男女挤在那儿。

"先生,"掌管宿舍的人拦住我说,"请您行行好,允许这个年轻人在您房间里过夜吧!劳您的驾!来的人很多,空地方没有了,真是糟糕!"

他指着一个身材不高、穿着薄大衣、戴着草帽的人。我同意了,我的萍水相逢的同室人就跟着我走。我打开房门上的挂锁以后,不管我愿意不愿意,每次我都得瞧见挂在门柱上、跟我的脸平齐的一幅画。画的名字是《默想死亡》,上面画着一个跪在地上的修士,眼睛看着一口棺材以及躺在里面的一具骷髅。修士背后站着另一具骷髅,个子大些,手里拿着一把镰刀。

"像这样的骨头是没有的。"我的同室人指着骷髅上应该生骨盆的地方,说,"一般说来,您知道,供给人民的精神食粮都不是头一流货色。"他补充说,鼻子里很长而且很悲凉地哼了一声,这大概是要叫我明白我要跟一个懂得什么是精神食粮的人打交道了。

我正在找火柴,点蜡烛,他又哼一声,说:

"在哈尔科夫城,我到解剖所去过好几次,看见过骨头。我甚至到停尸处去过。我没有妨碍您吧?"

我的房间又小又窄,没有桌子和椅子,整个房间里只有窗前的一个五斗橱、一只火炉和两只木头的小睡榻。小睡榻都靠墙放着,面对面,中间留出一条窄过道。小睡榻上放着褪了色的小薄床垫和我的行李。睡榻本来就有两张,可见这个房间原是规定住两个人的,我就把这一点对我的同室人说明了。

"不过等一会儿就要打钟做弥撒了,"他说,"我不会妨碍您很久。"

他仍旧认为他碍我的事,觉得别扭,就踩着负疚的步子往他那张小睡榻走去,负疚地叹一口气,坐下来。等到油烛那昏暗而没有生气的火苗不再闪摇,燃得相当旺,照亮了我们两个人的时候,我才仔细看清他。他是个二十二岁上下的年轻人,生一张好看的圆脸和一对孩子气的黑眼睛,城里人的打扮,穿一身便宜的灰色衣服,从他的面色和窄肩膀看来,他不是个体力劳动者。他似乎是个很难定出身份的人。既不能把他看作大学生,也不能看作生意人,更不能把他看作工人。人看着他那张好看的脸和那对孩子气的亲切的眼睛就不愿意想到他是个油滑的流浪者,在所有那些供给膳宿的偏僻地方的小修道院里,这种人多得数不清,他们往往冒充由于追求真理而从宗教学校被开除出来的学生,或者冒充喉咙哑了的唱诗班歌手。……他脸上有一种富于特色的、典型的、极其熟悉的东西,至于那究竟是什么,我却无论如何也不明白,也记不起来了。

他沉默很久,在想心事。他发表关于骨头和停尸处的见解的时候,我没大在意,他就以为我生气了,对他在这屋里住下感到不高兴。他从衣袋里拿出一根香肠,放在眼睛面前转来转去看了一阵,游移不决地说:

"对不起,我要麻烦您一下。……您有小刀吗?"

我给他一把小刀。

"这香肠很糟,"他皱起眉头,给自己切下一小块,说,"此地的小铺里净卖些难吃的东西,可是价钱贵得吓人。……我本来想请您尝一点,可是您未必同意吃这种东西。您愿意吃一点吗?"

从他的口音也可以听出一种特别的味道,跟他脸上的特色很相似,至于那究竟是什么,我仍旧茫然不懂。我想使他相信我,表明我根本没生气,就把他请我吃的一小块香肠接过来。那块香肠果然难于下咽。为了应付它,必须生着那种品种优良、拴着链子的狗的牙齿才行。我们一面活动牙床,一面攀谈起来。我们一开头就互相抱怨教堂的礼拜太长了。

"这儿的规矩跟阿索斯山差不多,"我说,"不过在阿索斯山,彻夜祈祷通常是十个钟头,到了大节日就十四个钟头。您该到那儿去祈祷!"

"对了!"我的同室人说,摇着头,"我在这儿住了三个星期。您知道,每天都做礼拜,每天都做礼拜。……平常日子,十二点打钟做晨祷,五点钟做早祷告,九点钟做晚祷告。根本没法睡觉。白天唱赞美歌,有特别礼拜,有晚祷。……等到我做斋戒祈祷,我简直累得要倒下去。"他叹口气,接着说,"然而不到教堂去又不合适。……修士给你房间,供你吃喝,那么您知道,人就不好意思不去了。站个一两天也许还不要紧,可是站三个星期却太苦了!苦得很!您在这儿要待很久吗?"

"我明天傍晚走。"

"我却还要住两个星期。"

"不过照规矩,在此地似乎不能住这么久吧?"我说。

"是的,这话不错,凡是住得过久、老是向修士讨吃的人,是要被撵走的。您想想看,要是容许那些没家没业的人在这儿爱住多久就住多久,那么这儿就不会有一个空房间,整个修道院都要给吃光了。这话是不错的。不过修士为我破一次例,我想他们一时还不会把我赶走。您要知道,我是个新入教的。……"

"您这话怎么讲?"

"我是犹太人,改信教的。……不久以前我才改信东正教。"

这时候我才明白先前他脸上那种我怎么也不能理解的东西:那厚厚的嘴唇,说话时候扬起右边嘴角和右边眉毛的样子,眼睛里那种独特的只有犹太人才有的油亮。我也明白他那种特别的口音是怎么回事了。……从后来的谈话中,我还知道他叫亚历山大·伊凡内奇,从前叫伊萨克。他是莫吉廖夫省的人,从新切尔卡斯克到圣山来。他是在新切尔卡斯克改信东正教的。

亚历山大·伊凡内奇吃完香肠,站起来,扬起右边眉毛,对着神像做祷告。后来他在小睡榻上坐下,对我简略地叙述他很长的经历,这时候,他的眉毛一直那么扬着。

"我从很小的时候起就爱念书。"他开始说,那口气听上去不像是讲他自己,倒像是讲一个去世的大人物似的,"我的父母是贫寒的犹太人,做点小生意,您知道,生活得跟乞丐一样,肮里肮脏。一般说来,那儿的人都是又穷又迷信,不喜欢念书,因为教育,很自然,叫人远离宗教。……他们却是狂热的教徒。……我的父母怎么也不肯叫我受教育,希望我也做生意,除了《塔木德》①以外什么也别念。……不过,您会同意,并不是每个人都能一生一世为一小块面包挣扎,在垃圾堆里打滚儿,反复念那本《塔木德》的。有时候,一些军官和地主到我父亲的小酒店来,讲起许多那时候我连做梦都没想到过的事情。嗯,当然,那些事是引诱人的,弄得人满心羡慕。我就哭着要求把我送进学校去,可是他们只教我学犹太人的文字,别的什么也不教。有一次我找到一张俄语报纸,把它带回家,想用来做风筝,结果我为这件事挨一顿痛打,其实我并不懂俄语。当然,这种狂热是在所难免的,因为每个民族都本能地

---

① 犹太教口传律法集,为该教仅次于《圣经》的主要经典。

爱护自己的民族特性,可是那时候我不懂这个道理,因而颇为愤慨。……"

从前的伊萨克说完这句文绉绉的话以后,高兴得把右边的眉毛扬得更高,斜起眼睛瞧着我,如同公鸡瞧着谷粒似的,他那样子仿佛想说:"现在您总该相信我是个有学问的人吧?"另外他又讲到宗教狂热,讲到他那不可抑制的求知欲,后来接着说:

"这可怎么办呢?我就横下心,跑到斯摩棱斯克去了。在那儿,我有个堂兄,干镀锡的活儿,做白铁盒。当然,我就在他那儿当学徒了,因为我没法糊口,光着脚,衣服破破烂烂。……我心里这样盘算:白天干活,晚上和星期六看书。我就这样做了,可是警察发现我没有身份证,就把我押解回乡,送到我父亲那儿去了。……"

亚历山大·伊凡内奇耸起一个肩膀,叹了口气。

"这可怎么办!"他接着说,往事越是清楚地在他心头再现,他说话的犹太口音也就越重,"我父母把我惩治一下,就把我交给我爷爷去管教了。他是个犹太老人,狂热的教徒。可是我夜里逃到什克洛夫城去了。在什克洛夫城,我的叔父把我抓住;我就又逃到莫吉廖夫城,在那儿住了两天,又跟一个同伴到斯塔罗杜布城去了。"

后来这个讲话人在回忆中一一提到戈梅利城、基辅城、白教堂、乌曼城、巴尔塔城、宾杰雷城,最后他到了奥德萨。

"在奥德萨,我游荡了一个星期,找不到工作,挨着饿,后来有些在城里走来走去收买旧衣服的犹太人把我收留下来。那时候我已经会读书写字,懂得算术,会算分数,想进一个什么学校去读书,然而又没有钱。怎么办呢!我在奥德萨城里走动了半年,收买旧衣服,可是那些犹太人,那些骗子,不给我工钱,我一气之下,就走了。后来我坐轮船到彼列科普去了。"

"为什么到那儿去呢?"

"就这样去了。有个希腊人答应在那儿给我找个工作。一句话，十六岁以前我就一直这样漂泊，没有固定的工作，也扎不下根，后来到了波尔塔瓦城。那儿有个犹太大学生听说我想读书，就给我写了封信，让我交给哈尔科夫城的一个大学生。当然，我就到哈尔科夫城去了。那儿的大学生们商量一阵，开始帮助我准备考试，好让我进技术学校。您知道，我得对您说，我碰到的那些大学生真是好，我直到死也忘不了他们。且不说他们供我吃，供我住，他们还领我走上正路，教我思考，给我指出生活目标。他们当中有些聪明出色的人，现在已经出名了。比方说，您听到过格鲁玛赫尔吧？"

"没听到过。"

"您没听到过。……他在哈尔科夫城的报纸上发表过一些很有见解的文章，正准备做教授呢。嗯，当时我读了许多书，参加大学生小组，在那种小组上庸俗的话是听不到的。我准备了半年，可是投考技术学校却要学会中学里的全部数学课程，格鲁玛赫尔就劝我改考兽医学校,因为中学六年级的学生就可以投考那个学校。当然,我就开始准备。我并不想做兽医,可是他们对我说,念完兽医学校,就可以不经考试升到大学医学系三年级。我读完屈纳①的全部著作,读了科尔内留斯·内波斯②的书,而且一读就会③,在希腊语方面几乎读完了库尔提乌斯④的全部著作。可是您知道,一来二去……大学生们陆续走散,我的地位不牢靠了。同时我又听说我母亲来了,在全哈尔科夫城找我。于是我索性走了。怎么办呢?不过幸好我听说,这儿顿涅茨铁道旁边有个采矿学校。那么何不投考这个学校呢?您要知道,采矿学校的学生有权做监工,这倒是极好的职位,我知道有些矿井的监工一年挣一千五呢。

---

① 屈纳(1802—1878),德国语文学家,拉丁语语法教科书的作者。——俄文本编者注
② 科尔内留斯·内波斯(约前100—约前25),罗马历史学家,他的历史著作是学拉丁语的人的必读书。——俄文本编者注
③ 原文为法语。
④ 库尔提乌斯(1820—1885),19世纪德国最有影响的语言学者之一,希腊语语法教科书的作者。——俄文本编者注

好得很。……我就考进去了。"

亚历山大·伊凡内奇脸上带着敬畏肃穆的神情列举采矿学校教授的二十几门深奥难懂的学科,叙述学校里的情形、矿井的构造、工人的情况。……然后他讲起一件可怕的事,像是捏造的,可是我又不能不信,因为讲故事的人口气十分诚恳,他那张犹太人的脸上,恐惧的神情十分真切。

"我在实习操作时期,有一天出了事,"他扬起两道眉毛说,"当时我在顿涅茨区的一个矿井上。您一定见过人怎样下矿井。您记得,人扬鞭抽马,大门就活动起来,于是一个吊斗顺着滑轮降到矿井去,另一个吊斗升上来,等到第一个升上来,第二个就降下去,完全跟水井的两只吊桶一样。好,有一回我坐上吊斗,正往下降,可是您猜怎么着,我忽然听见:当啷!原来链子断了,我就随着吊斗和断了的一截链子飞到魔鬼那儿去了。……我从三俄丈高的地方摔下去,胸口和肚子朝下。吊斗比人重,比我先落地,我这个肩膀正好撞在它的边上。您知道,我躺在那儿吓坏了,心想必是已经摔死,可我忽然看见新的灾难又来了:原来另一个升上去的吊桶失去均衡的重量,哐啷一声直朝着我掉下来。……这可怎么办?我一看见这样的事,就贴住墙,缩成一团,等着吊桶马上带着全部力量砰的一声砸在我脑袋上,我想起父母,想起莫吉廖夫省,想起格鲁玛赫尔……我祷告上帝,不过幸好……连想起来都可怕呀。"

亚历山大·伊凡内奇勉强笑了笑,用手心擦一擦脑门。

"不过幸好它掉在我身旁,只轻轻碰着这半边身子。……我这半边的衣服、衬衫、皮肤都破了……那力量吓人呀。后来我就人事不省了。他们把我抬上来,送进医院。我住了四个月医院,大夫说我会得肺痨病。我现在老是咳嗽,胸口痛,神经也很不正常。……每逢我一个人待在房间里,我总十分害怕。当然,我的身体既是这样,我就没法做监工了。我只好离开采矿学校。……"

"那么现在您做什么工作呢?"我问。

"我已经参加过乡村教师的考试,及格了。现在我又入了东正教,就有权利做教师了。在我受洗的新切尔卡斯克城,人家很关心我,答应在教区学校里给我找一个位子。过两个星期我就到那儿去,再托托他们。"

亚历山大·伊凡内奇脱掉大衣,只穿着一件带俄罗斯式绣花衣领的衬衫,系着一条毛线织的腰带。

"现在该睡觉了,"他说,把大衣放在床头,打个哈欠,"您知道,直到最近我才信上帝。我原是无神论者。我躺在医院里的时候,想起宗教,开始思索这个问题。依我看来,有思想的人只能有一种宗教,那就是基督教。要是不相信基督,此外就没有什么可相信的了。……不是吗?犹太教过时了,它所以还存在,也只是由于犹太族的特殊性而已。等到文明传播到犹太人当中去,犹太教就会一点痕迹也不剩了。您一定已经留意到,所有年轻的犹太人都是无神论者。《新约》是《旧约》的天然的续篇。不是吗?"

我想弄明白究竟是什么原因使他走出这么严肃大胆的一步,竟然改变宗教信仰。他却光是反复向我说明"《新约》是《旧约》的天然续篇",这句话分明出自别人之口,是他学来的,根本不能说明问题。不管我怎样努力,怎样试探,还是一点也不知道原因所在。要是相信他的话,他确实像他所说的那样是出于信仰才接受东正教的,那么这种信仰究竟是什么内容,它的基础是什么,从他的话里却听不明白。如果推断他是出于贪利才改变宗教信仰的,那也不行:他身上穿着廉价的旧衣服,他靠修道院的面包糊口,他的前途很不稳定,这都不大像是贪利的表现。那就只能这样想:促使我的同室人改变宗教信仰的,就是他按通常的说法称之为求知欲的那种不安定的精神,也正是这种精神,才把他像一块小木片那样从这个城丢到那个城,使他漂泊不定。

恐惧集

我躺下睡觉以前,先走出门外,到过道上去喝水。等到我回来,我的同室人却站在房中央,惊恐地瞧着我。他脸色灰白,脑门上闪出汗光。

"我的神经又出了大毛病,"他嘟哝说,现出病态的微笑,"很厉害!神经错乱大发作了。不过,这也没什么。"

他又讲起《新约》是《旧约》的天然续篇,犹太教已经过时。他仔细挑选一句句话,仿佛极力要聚起他信仰的全部力量,用来压倒他灵魂的不安,对自己表明:他丢掉祖先的宗教并不是做了什么特别可怕的事情,而是按一个有思想的、破除成见的人行事的,因此他尽可以大胆地独自留在房间里,面对自己的良心。他正在说服自己,而且用眼睛向我求援。……

这当儿,油烛上结了一个又大又难看的烛花。天已经亮了。昏暗的小窗口变成蓝色,从那儿望出去可以清楚地瞧见顿涅茨河两岸和河对面的橡树林。现在该睡觉了。

"明天这儿会很有趣味,"等我灭了油烛,躺下去后,我的同室人说,"做完早弥撒以后,游行行列就要坐船,从修道院到隐修区去了。"

他扬起右边的眉毛,偏着头,面对神像做完祷告,没脱衣服就在他那小睡榻上躺下。

"哦,对啦。"他翻个身说。

"什么'对啦'?"我问。

"我在新切尔卡斯克入东正教的时候,我母亲正在罗斯托夫城找我。她觉得我要改变信仰了。"他叹口气,接着说,"我已经有六年没到莫吉廖夫省去。我妹妹大概已经嫁人了。"

他沉默一会儿,看出我还没睡着,就开始小声说:谢天谢地,人家不久就会给他找个差事,他终于要有自己的家,有稳定的地位,有牢靠的每日口粮了。……我呢,带着睡意暗想,这个人永远也不会有自己的家,有稳定的地位、牢靠的口粮。他讲述着自己的幻想,把教师的职位说成了天国乐土。他跟大多数人一样,对流浪生活抱着偏见,认为那是一种奇特、反常、意外的事,就跟疾病一样,他总想过一般人的日常生活,认为这样才能得救。从他的口气里,可以听出他感到自己反常,感到惋惜。他仿佛在为自己辩白和表示歉意似的。

离我不到一俄尺远,躺着一个流浪者。在我们隔壁的那些房间里,在院子里,在大车旁边,在朝圣者中间,总有好几百这样的流浪者在等待早晨,而且,在更远的地方,要是人能够想象全俄国的话,这时候会有多少这样的风滚草,为了寻找比较好的生活,顺着大路和乡间土道走着,或者在客栈里,小酒店里,旅馆里,露天底下的草地上打瞌睡,等待黎明啊。……我一面昏昏睡去,一面暗想,要是人能够找出种种道理和话语来向他们证明,他们的生活像其他各种生活一样,并不需要什么辩解,那么这些人会多么惊讶,甚至也许会高兴呢。

我在睡梦中听见门外响起悲凉的钟声,仿佛在流着伤心的眼泪一样。见习修士喊了好几回:

"上帝的儿子,主耶稣基督,饶恕我们吧!请大家去做祷告!"

等我醒来,我的同室人已经不在房间里了。阳光普照,窗外人声喧哗。我走出去,知道祷告已经做完,游行行列早已往隐修区走去。人们成群地在岸边徘徊,感到闲着没有事做,不知道该怎么办才好。这时候他们还不能吃东西,喝水,因为在隐修区,晚祷告还没有结束。修道院的小铺,朝圣者素来喜欢拥进去打听各种东西的价钱,这时候还关着门。有许多人虽然已经疲劳,可是烦闷无聊,就信步往隐修区走去。我也走上一条小路,它从修道院通到隐修区,弯弯曲曲,像一条蛇似的,爬上又高又陡的岸坡,在橡树和松树中间绕来绕去,时而上坡,时而下坡。下面顿涅茨河闪闪发光,太阳倒映在水里,上面是白垩的陡峭岸坡,坡上的橡树和松树葱葱茏茏,一片碧绿。那些树一棵跟着一棵,倒挂在坡上,不知怎的,几乎就长在峭壁上,却能不掉下来。朝圣者顺着这条小路,一个跟着一个走去。

人数最多的是从邻县来的乌克兰人,不过也有许多人是从远方,从库尔斯克省和奥廖尔省步行来的。在这杂色的行列里,也有马里乌波尔的希腊籍农庄主,都是些强壮、稳重、亲切的人,跟他们那些住满我们南方沿海各城的退化而瘦弱的同胞迥然不同。这里面也有裤子上缀着红色镶条的顿涅茨人、塔夫里达人以及从塔夫里达省来的移民。这儿有许多朝圣者是身份不明的人,跟亚历山大·伊凡内奇一样,他们究竟是些什么人,从哪儿来,单从他们的面容,从他们的服装,从他们的话语是认不出来的。

这条小路的终点是个小小的木码头。从这儿往左走,有一条狭窄的石子路,穿过一道山,通到隐修区。木码头旁边停着两条笨重的大木船,样子阴沉,好比儒勒·凡尔纳①书中写的新西兰独木舟。一条木船上有长排座位,上面铺着毡毯,是供教士和歌手坐的,另一

---

① 儒勒·凡尔纳(1828—1905),法国小说家,著有许多科学幻想小说。

条船上没有毡毯,是给一般人坐的。临到游行行列坐船返回修道院,我发现我自己夹在勉强挤上第二条船的幸运儿中间。这条船上的人很多,船几乎行驶不动了,一路上有好些人只能一动不动地站着,而且要保护好帽子,免得被人挤扁。路上风光绮丽。一边的岸坡又高又陡,岩石发白,坡上长着倒挂下来的橡树和松树,人们沿着小路匆匆赶回去。另一边岸上,坡度不陡,有绿油油的草场和橡树林。两岸都浸沉在阳光里,显出幸福乐观的气象,好像多亏了它们,这个五月的清晨才这么美丽似的。太阳的映影在顿涅茨河的急流中颤抖,往四面八方扩散开去。太阳那长长的光线在教士的法衣上,在神幡上,在船桨拍起的水花上,跳动不定。复活节赞美歌的歌声啦,叮当的钟声啦,船桨的击水声啦,鸟雀的鸣叫声啦,种种声音在空中汇合成一片和谐温柔的乐声。载教士和神幡的木船走在前面。船尾上站着一个身穿黑衣服的见习修士,安稳不动,好比一尊塑像。

恐 惧 集

等到游行行列走近修道院,我才发现亚历山大·伊凡内奇也在那些人中间。他站在大家前面,高兴得咧开嘴巴,扬起右边的眉毛,瞧着这个行列。他脸上喜气洋洋,大概在这种时候,四周有那么多人,天色那么明朗,他就满意他自己,满意他的新信仰,满意他的良心了。

过了一会儿,我们坐在房间里喝茶,他仍旧高兴得脸上放光。他的面容说明,他既满意茶,也满意我,十分尊重我的教养,而且如果谈起知识方面的什么问题,他自己也能应付,不致丢脸。……

"您说说看,我该看些什么心理学著作?"他文绉绉地谈起来,皱起鼻子。

"可是您为什么要读这种书?"

"缺乏心理学知识是不能做教师的。我在教小学生以前,先得了解他们的心灵。"

我对他说,要了解儿童的心灵,光读心理学的书是不够的,再者,对一个还没有熟悉语文和算术教学法的教师来说,心理学无异于奢侈品,就跟高等数学一样多余。他欣然同意我的话,然后他讲起教员的职务多么艰苦繁重,要想根除小孩子学坏和迷信的倾向,促使他们独立而正直地思考,把真正的宗教、个性和自由之类的观念灌输到他们的头脑里去,是多么困难。对这些话,我回答了几句。他又同意了。总之他很乐意赞同我的话。显然,那许多"文绉绉的问题"还没在他头脑里稳固地扎下根。

我临行前,我们一块儿在修道院附近闲步,消磨炎热漫长的白昼。他一步也不离开我。这究竟是因为他依恋我呢,还是因为他害怕孤独,那就只有上帝知道了!山坡上点缀着许多小花园,我记得我们走进其中的一个,在黄色金合欢的花丛下并排坐着。

"我过两个星期就要离开此地。"他说,"也该走了!"

"您步行吗?"

"从这儿起到斯拉维扬斯克城,是步行,然后坐火车到尼基托夫卡城。顿涅茨铁路有一条支线是从尼基托夫卡城开始的。我就沿着这条支线步行到哈采彼托夫卡城,然后有个熟识的列车长会带我坐上火车往前走。"

我想起尼基托夫卡城和哈采彼托夫卡城之间光秃和荒凉的草原,我想象亚历山大·伊凡内奇怎样走过那一带草原,心里怀着疑虑、对故乡的思念、对孤独的恐惧。……他在我脸上看出我烦闷无聊,就叹一口气。

"我妹妹大概已经嫁人了。"他说出他的想法,不过立刻又摆脱这些忧郁的思想,指指山岩的顶,说:

"在这个山顶上可以看见伊久姆城。"

我跟他一起步行上坡,不料他遭到一个小小的灾难:他大概绊了一跤,撕破了他那花条布的裤子,碰掉了一只鞋后跟。

"啧……"他说着,皱起眉头,脱掉皮鞋,露出没穿袜子的光脚,"真糟。……您知道,这可是个麻烦……真是的!"

他把皮鞋举到眼前,转来转去,好像不相信鞋后跟完全毁了似的。他皱了很久的眉头,不住地叹气,吧嗒嘴唇。我的皮箱里有一双旧的中筒皮鞋,然而样式时髦,尖头,有带子。我带着这双鞋原是以防万一的,只在下雨天才穿。我回到房间里,想出一句很婉转的话,把那双鞋送给他。他接过去,庄重地说:

"我本来应该对您道谢,不过我知道您认为道谢是一种俗套。"

他瞧着半高腰男皮鞋的尖头和带子,喜欢得像小孩子一样。他甚至变更了原来的计划。

"现在我不预备过两个星期到新切尔卡斯克去,只过一个星期就可以动身了,"他把他的想法说出来,"穿着这样一双皮鞋,我就不会不好意思去见我的教父。老实说,我没有离开此地,就是因为我没有体面的衣着。……"

等到马车夫把我的皮箱拿出去,就有一个端正的、脸上带着讥诮神情的见习修士走进来,想要打扫房间。

恐 惧 集

亚历山大·伊凡内奇不知怎的着起慌来,脸色发窘,胆怯地问他说:

"我该仍旧住在此地呢,还是搬到别的地方去?"

他没法下决心让自己占据整整一个房间,显然不好意思再靠修道院的粮食生活下去了。他很不愿意跟我分手。为了尽量推迟孤独的到来,他要求我允许他送我一程。

从修道院出来,有一条往上走的路一直通到白垩质的山坡上,那是费了很大的劲才修成的。这条路在倒挂下来的严峻的松树底下,像螺旋似的在树根中间蜿蜒而上。……先是顿涅茨河在眼前不见了,随后修道院的那个院子以及成千上万的人,再后那些绿色房顶,也都不见了。……我往上走去,于是样样东西都像是落进了深渊,消失了。大教堂上的十字架被落日的光辉照得火红,在深渊里闪闪发光,随后也不见了。剩下来的只有松树、橡树、白路。不过后来我的马车走到平坦的原野上,那些树木和道路也都留在下面和后面了。亚历山大·伊凡内奇跳下马车,忧郁地微笑着,用他那对孩子气的眼睛最后看了我一眼,走下坡去,就此离开我,再也见不到面了。……

圣山的种种印象已经渐渐变成回忆,这时候我看见的都是新的东西。平坦的原野、淡紫色的远方、路旁的小树林、树林后面一个安着风车的磨坊,然而风车停着不动,好像因为这天是假日,人们不准它摇动翼片,它不免感到烦闷无聊似的。

美妙的结局

有一天,列车长斯狄奇金不当班,他家里坐着一个强壮、丰满、四十岁上下的女人柳包芙·格利戈里耶芙娜。这个女人专门给人说媒,另外还干许多照例只能小声谈到的事。斯狄奇金有点心慌,不过跟往常一样庄重、正派、严厉,吸着雪茄烟,在房间里走来走去,说:

"跟您认识,我很愉快。谢敏·伊凡诺维奇推荐您,认为您能在一件棘手的事情上帮我的忙,这件事情非常重大,牵涉到我终身的幸福。我,柳包芙·格利戈里耶芙娜,已经五十二岁,那就是说,已经处在很多人有成年子女的时期了。我的职位是牢靠的。我的家产虽不能说多,然而在我身边养活一个心爱的人和子女,总还办得到。我要对您说明,不过请您不要张扬出去:我除薪金外,还在银行里存着钱,多亏我遵循这样的生活方式,才能省下钱来。我是老成持重的人,从不灌酒,过的是严谨安分的生活,因此我可以做许多人的榜样。我缺欠的只有一样东西:家庭的温暖和生活的伴侣。我过的日子好比一个游牧的匈牙利人,从这个地方迁到那个地方,没有丝毫乐趣,也没有一个可以商量事情的人,万一我病了,甚至没有人给我端水喝,等等。除此以外,柳包芙·格利戈里耶芙娜,在社会上,一个结了婚的人也总比一个单身汉有身价。……我是个受过教育的人,又有钱,然而,要是您从某一点上来看我,我算是个什么人呢?无非是个孤家寡人,简直像一个天主教教士。所以我非常希望套上喜南①的环扣,也

---

① 他把喜曼错说成喜南,喜曼是希腊神话中的婚姻之神。

就是说,跟一个体面的女人缔结合法的婚姻。"

"这是好事!"媒婆叹道。

"我是个光棍儿,本城的人一个也不认得。既然所有的人在我都是生人,那我该到哪儿去,该请托谁呢?就因为这个缘故,谢敏·伊凡诺维奇才劝我找一个在这方面内行而且把为人谋幸福当作职业的人。所以,我恳切地请求您,柳包芙·格利戈里耶芙娜,在您的协助下,安排我的命运。城里所有准备出嫁的女人您都认识。要成全这件事,在您是很容易的。"

"这是可以办到的。……"

"请喝酒,别客气。……"

媒婆用她习惯的姿势把酒杯送到嘴边,喝下去,连眉头都没皱一下。

"这是可以办到的,"她又说一遍,"那么您,尼古拉·尼古拉伊奇,要什么样的新娘呢?"

"我吗?随命运安排吧。"

"当然,这种事是命中注定的,不过,各人也有各人的口味啊。有的人喜欢黑头发的,有的人喜欢黄头发的。"

"您要知道,柳包芙·格利戈里耶芙娜……"斯狄奇金说着,庄重地叹口气,"我是个老成持重的人,个性很强。美貌以及一般的外表,在我只占次要的地位,因为,您知道,脸子漂亮又不能当饭吃。有个漂亮的老婆,倒要操很多的心。我的看法是这样,女人要紧的不在于外貌,而在于内里,也就是说,她得有心灵,有种种品德。请喝酒,别客气。……当然,如果能娶个胖乎乎的老婆,那倒十分愉快,然而这对双方的幸福并不重要,要紧的是头脑。说真的,女人的头脑也无关紧要,因为她有了头脑,就会自命不凡,生出各式各样的理想。固然,在如今这个年月,没有受过教育是不行的,可是教育也有各式各样。如果老婆能说法国话和德国话,精通各国语言,当然愉快,甚至十分愉快,不过,假定说,她连给你缝个纽扣也不会,那还有什么用?我是个受过教育的人,跟卡尼捷林公爵讲起话来如同眼下跟您讲话一样,侃侃而谈,然而我性格单纯。我需要单纯点的姑娘。最要紧的是她得敬重我,领会我给了她幸福。"

"这是当然的。"

"好,现在来谈一谈基础①的问题。……有钱的女人我不要。我不允许自己做出图财结婚的卑鄙事。我希望不是我吃老婆的饭,而是她吃我的饭,而且她要领会这一点。不过穷女人我也不要。虽然我是个有家当的人,虽然我结婚不是出于贪财而是出于爱情,可是我也不能娶个穷女人,因为您知道,现在物价昂贵,日后还会生孩子嘛。"

"那可以找个有陪嫁的女人。"媒婆说。

"请喝酒,别客气。……"

他们沉默了五分钟。媒婆叹口气,斜起眼睛看一下列车长,问道:

---

① 应是"基本",上文的"理想"应是"想法"。

"那么,那个,老爷……您要那种单身女人吗?我倒有挺好的货色呢。一个是法国女人,一个是希腊女人。她们准保叫您花了钱觉得很合算。"

列车长想一想,说:

"不,谢谢您。多承您这一番盛意,那么现在容我问您一声:您物色一位新娘要收多少费用?"

"我要的不多。只要您照规矩给一张二十五卢布钞票和一块衣料,我就道谢了。……至于找到有陪嫁的新娘,那要另外算钱。"

斯狄奇金把胳膊交叉在胸口,沉默地思索着。他想了一阵,叹口气说:

"这价钱可是挺贵啊。……"

"一点也不贵,尼古拉·尼古拉伊奇!从前婚事多的年月,收费倒是便宜点,可是如今这年月,我们挣得着什么钱呢?要是在不持斋的月份①能挣到两张二

---

① 当时按照宗教习俗,在持斋的日子不举行婚礼。

十五卢布钞票,那就谢天谢地了。说真的,老爷,我们不是靠说媒挣钱的。"

斯狄奇金大惑不解地瞧着媒婆,耸耸肩膀。

"嘿!……难道两张二十五卢布钞票还算少?"他问。

"当然少!从前我们往往挣一百多呢。"

"哦!……我怎么也没料到干这种事能挣那么多钱。五十卢布!就拿男人来说,也不是每一个都能有这么多收入的!请喝酒,别客气。……"

媒婆喝下酒,连眉头也没皱。斯狄奇金没有开口,从头到脚打量着她,然后说:

"五十卢布。……那么,一年就是六百啊。……请喝酒,别客气。……您要知道,柳包芙·格利戈里耶芙娜,您既有这么多收入,给自己找个丈夫也不是什么难事。……"

"我?"媒婆说,笑起来,"我老了。……"

"一点也不算老。……您的体质这么好,脸也又胖又白,样样都好。"

媒婆不好意思了。斯狄奇金也不好意思,挨着她坐下。

"您还非常惹人喜欢呢。"他说,"要是您有个老成持重、规规矩矩、省吃俭用的丈夫,那么把他的薪水和您挣的钱加在一块儿,您甚至能使他很满意,你们能相亲相爱地过下去呢。……"

"上帝才知道您在说什么,尼古拉·尼古拉伊奇。……"

"说这话又有何妨?我没有什么恶意啊。……"

随后是沉默。斯狄奇金开始大声擤鼻子,媒婆满脸通红,羞答答地瞧着他,问道:

"那么您挣多少钱呢,尼古拉·尼古拉伊奇?"

"我吗?七十五卢布,还有奖金。……此外我们在硬脂蜡烛①和野兔②上有些收入。"

---

① 指贪污火车上做灯火用的蜡烛。
② 指不买车票而向列车长行贿的乘客。

"您打猎?"

"不,我们把无票乘客叫兔子。"

在沉默中又过了一分钟。斯狄奇金站起来,在房间里激动地走来走去。

"我不要年轻的妻子。"他说,"我是个上了年纪的人,我要一个……像您这样……稳重端庄……又有您这种体质的人。……"

"上帝才知道您在说什么……"媒婆说着,吃吃地笑,用手绢蒙上她那涨红的脸。

"这还有什么要多考虑的?您正好合我的心意,对我来说,您那种品德也正合适。我呢,是个正派的人,不喝酒,要是您中意的话,那么……还有比这再好的事吗?请容许我向您求婚!"

媒婆激动得落下了眼泪,接着又笑了起来,为了表示同意而跟斯狄奇金碰杯。

"好,"幸福的列车长说,"现在请容许我向您解释一下,我希望您有什么样的举动,怎样过日子。……我是个严厉的、沉稳的、正派的人,用上流人的眼光看事情,我希望我的妻子也严正,知道我是她的恩人,而且是最好的人。"

他坐下,深深叹口气,开始向他的新娘叙述他对家庭生活和妻子责任的看法。

死　尸

八月间一个宁静的夜晚。迷雾在野外冉冉上升,像一层不透明的烟幕那样蒙住一切肉眼看得见的东西。那片迷雾由月光照着,给人的印象,时而像是无边无际而又平静的海洋,时而像是一堵庞大的白墙。空气潮湿而寒冷。这时候离着黎明还很远。树林边上有条乡间土道,离土道一步远的地方有一小堆火在燃烧。在这儿一棵小橡树底下,放着一具死尸,从头到脚盖着新的白色粗麻布。死尸的胸口放着一个木制的大圣像。"值班的看守人"坐在死尸旁边,紧挨着土道。那是两个农民,在执行农民所应尽的一种最不痛快、顶顶无味的差事。一个是年轻小伙子,高身量,刚刚生出唇髭,两道眉毛又浓又黑,身上穿着破皮袄,脚上穿着树皮鞋。他坐在潮湿的草地上,把两条腿平伸出去,极力干活来消磨时间。他弯下长脖子,大声喘气,正在拿一小块木头做一把汤匙。另一个是身材矮小的农民,面容苍老,消瘦,有麻点,留着稀疏的唇髭和山羊胡子。他把两只手随意放在膝盖上,身子不动,眼睛冷漠地瞧着火。在这两个人中间,有一堆不大的篝火在懒洋洋地燃烧,火快要灭了,把他们的脸照成红色。四下里一片肃静。只有那块木头在刀子底下发出噼啪声,还有潮湿的木头在篝火里发出爆裂声。

"你,谢玛,不要睡觉……"年轻的农民说。

"我……我没睡觉……"山羊胡子结结巴巴地说。

"那才好。……一个人坐着怪害怕的,太吓人了。你讲点什么吧,谢玛!"

"我不……不会讲。……"

恐惧集

"你也真是个怪人,谢玛!别人都会嘻嘻哈哈地笑一阵,讲个什么故事,唱一唱歌,可是你,上帝才知道是什么路数。你坐在那儿像个菜园里的草人,瞪直眼睛瞧着火。你连好好说话都不会。……你一说话,就好像心里害怕。你大概有五十岁了,可是你的头脑还及不上一个小孩子。……你想到自己是个傻瓜,心里就不觉得难受?"

"难受……"山羊胡子郁闷地回答说。

"就说我们,瞧着你这副傻相,心里难道不难受?你是个好心肠的庄稼汉,又不灌酒,可就是有一件事糟糕:你没有头脑。要是主委屈你,不给你头脑,你就该自己磨炼自己的脑筋啊。……你要下功夫,谢玛。……人家在那儿说了句挺好的话,你就留神听着,领会它的意思,反反复复地琢磨。……要是有句话你听不懂,你就下功夫,动脑筋,想明白这句话是什么意思。懂了吗?要下功夫!如果你老是不动脑筋,那你至死也还是个傻瓜,没出息的人!"

忽然,树林里响起一种哀叫声,而且声音拖得很长。好像有个什么东西从树顶上掉下来,把树叶碰得窸窸窣窣响,掉在地下了。这一切引起低沉的回声。年轻的农民打了个哆嗦,带着疑问的神情瞧着同伴。

"这是猫头鹰抓小鸟。"谢玛郁闷地说。

"哪儿的话,谢玛,要知道如今已经是鸟儿飞到暖和地方去的时候了!"

"当然,是时候了。"

"如今,黎明时候天好冷啊。冷得很!仙鹤就是一种怕冷的动物,生性娇嫩。这样冷的天会送掉它的命。我不是仙鹤,可是也冻僵了。……添上点柴火吧!"

谢玛站起来,走进乌黑的小树林,不见了。他在灌木丛那边忙碌,折断干枯的树枝,这时候他的同伴却举起手蒙住眼睛,一听到响声就打哆嗦。谢玛抱来满怀的枯枝,把它们放在篝火上。火苗游移地舔着乌黑的枝子,后来,仿佛听到一声命令似的,忽然抱住枝子,现出一片紫红色的光,照亮人们的脸、道路和那块现出死人手脚轮廓的白麻布,还有圣像。……两个"值班的看守人"沉默不语。年轻人把脖子弯得越发低,越发紧张地干活。山羊胡子照原先那样坐着不动,眼睛一刻也不离开那堆火。……

"'愿恨恶锡安①的都蒙羞退后。'②"突然在夜晚的寂静中,一个假嗓在歌唱,接着就响起缓慢的脚步声,于是道路上,在篝火的紫红色亮光中,出现一个黑色人影,身穿短短的修士圣衣,头戴宽边的帽子,肩上搭着一个袋子。

"主啊,这是你的旨意!……圣母啊!"这个人用沙哑的童高音说,"刚才我在一团漆黑中看见了火光,我的心就快活起来。……起初我想,这儿必是有夜里放马的人,不过后来我又想:要是一匹马都看不见,那怎么会是放马的?我心想:莫非这些人是贼吗?或者

---

① 山名,在耶路撒冷城内。
② 见《旧约·诗篇》,第129章,第5节。

是些强盗,等着打劫有钱的拉撒路①?莫非是茨冈人在拜祭他们的偶像?我的心就快活起来。……我对自己说:'去吧,奴隶②费奥多西,去接受殉教徒的桂冠吧!'我就不由自主地扑到火边来,像是一只生着薄翅膀的蛾子。现在我已经站在你们面前了,根据你们的外貌来判断你们的灵魂,我认为你们不是盗贼,也不是偶像崇拜者。祝你们平安!"

"您好。"

"正教徒啊,你们知道到玛库兴火柴厂去该怎么走吗?"

"很近。喏,您顺着这条路照直走。您走完两俄里③光景,就是我们的村子阿纳诺瓦。从村子往右拐弯,修士,顺着河岸走,就会走到那家工厂。从阿纳诺瓦村算起,有三俄里光景。"

---

① 借喻"基督徒",原是《圣经》中的一个人物。
② 即他自己。按基督教的说法,人是"上帝的奴隶"。
③ 1俄里等于1.067公里。

"上帝保佑你们健康。可是你们在这儿坐着干什么?"

"我们坐在这儿当看守。你看,这儿有一具死尸。……"

"什么?死尸?圣母啊!"

朝圣者看见白麻布和圣像,猛地打个冷战,连他的腿都微微抖动了一下。这个出人意外的景象使得他大惊失色。他把身子缩成一团,张开嘴,瞪大了眼睛,站在那儿动弹不得,仿佛在地里生了根似的。……他沉默了三分钟,好像不相信自己的眼睛,后来他开口喃喃地说:

"主啊!圣母啊!!我走得好好的,没招谁没惹谁,不料遭到这样的惩罚。……"

"您是干什么的?"小伙子问,"是个修士吧?"

"不……不。……我是朝拜各处修道院的。……你知道工厂的管理人米海依尔·波里卡尔培基吗?喏,我就是他的外甥。……求上帝保佑!你们待在这儿干什么？"

"我们在看守它。……这是上边吩咐的。"

"哦,哦……"穿圣衣的人喃喃地说,用手揉着眼睛,"这个死人是哪儿来的？"

"他是过路的行人。"

"我们的生活呀！不过,弟兄们,我,那个……我要走了。……我心里发慌。我怕死人比怕什么都厉害,我的亲人。……是啊,真没想到！这个人活着的时候,谁也不注意他,可是临到他死了,就要烂掉,我们却在他面前发抖,就像见着一位大名鼎鼎的统帅或者主教似的。……我们的生活呀！怎么,他是给人打死的？"

"基督才知道他是怎么回事！也许是给人打死的,也许是自己死的。"

"对,对。……谁知道呢,弟兄们,说不定他的灵魂这时候正在享受天堂的快乐呢！"

"眼下他的灵魂还在他的尸体旁边转悠……"小

伙子说,"三天之内它不会离开尸体。"

"嗯,是啊。……眼下天气多冷啊!冷得上牙打下牙。……这么说来,应当照直走,照直走。……"

"在走到村子以前,要照直走,可是到了村子就往右拐,顺着河边走。"

"顺着河边走。……对。……可是我为什么站住不动呢?该走了。……再见吧,弟兄们!"

穿法衣的人在路上迈出五步,然后站住不走了。

"我忘了在这儿放一个戈比,供他下葬用,"他说,"正教徒啊,可以放一个小钱吗?"

"这种事你知道得很清楚,你朝拜过各处的修道院。如果他是病死的,那么送他钱就于他有好处;如果他自寻短见,那么送他钱就是罪过了。"

"这话对。……说不定他真的是自寻短见!那么我还是把这个小钱留在身边的好。唉,罪过呀,罪过!就是给我一千卢布,我也不会同意在这儿坐着。……再见,弟兄们!"

穿法衣的人慢慢走去,后来又站住了。

"我想不出该怎么办才对……"他嘟哝说,"坐在这堆火旁边,等着天亮……那是可怕的。走着赶路呢,也可怕。一路上,在黑地里,死人会在我眼前晃来晃去。……这是主在惩罚我! 五百俄里的路我都步行走过来了,什么事也没有,可是临到快要走到家,却出了麻烦。……我不能再走了!"

"讲到害怕,这话倒是实在的。……"

"我狼也不怕,贼也不怕,黑暗也不怕,可就是怕死人。我害怕,就是这样! 正教徒啊,我要跪下来求你们,把我送到那个村子去吧!"

"可是上边吩咐我们不准离开这具尸首。"

"反正谁也不会看见,弟兄们! 真的谁也不会看见! 上帝会百倍地报答你们! 老头子,你送送我,劳驾! 你为什么老是不说话呢?"

"他有点傻头傻脑……"小伙子说。

"送送我吧,朋友! 我给五个戈比!"

"有五个戈比可挣,倒可以走一趟,"小伙子说,搔搔后脑壳,"可是这种事是不准干的。……喏,要是谢玛这个傻瓜肯一个人坐在这儿,我就送你去。谢玛,你肯一个人坐在这儿吗?"

"我肯……"傻瓜同意说。

"那就行了。我们走吧!"

小伙子站起来,跟穿圣衣的人一块儿走了。一分钟后,他们的脚步声和说话声都消失了。谢玛闭上眼睛,微微地打盹。篝火开始暗下去,一个又大又黑的阴影落在死尸身上。……

乞 丐

"先生！请您发善心，照顾一下我这个不幸的、挨饿的人吧。我有三天没吃饭了……讲到住店，我又没有五个戈比付店钱……我向上帝赌咒，我说的是真话！我做过八年乡村教师，后来遭到地方自治局陷害，丢掉了工作。我受了诬告的害。现在我已经赋闲一年了。"

律师斯克沃尔佐夫瞧着这个请求的人，瞧着他那件破破烂烂的蓝灰色大衣，瞧着他那对混浊的醉眼，瞧着他脸上的红晕，觉得以前好像在什么地方见过这个人。

"现在有人在卡卢加省给我谋了个差事,"请求的人继续说,"可是我没有盘费到那边去。请您发慈悲,帮帮我吧!我不好意思央求您,可是……环境又逼着我不得不这样。"

斯克沃尔佐夫瞧着他那双套靴,其中一只是长筒的,一只是短筒的。他瞧啊瞧的,忽然想起来了。

"您听我说,前天我好像在花园街遇见过您,"他说,"不过那一次您没对我说您是乡村教师,却说是个被开除的大学生。您记得吗?"

"不……不,不可能!"请求的人慌张地支吾道,"我是乡村教师,如果您乐意的话,我可以拿证件给您看。"

"您别再说谎!那一次您说您是大学生,甚至把您被开除的原因也对我说了。您记得吗?"

斯克沃尔佐夫涨红脸,带着憎恶的神情从那个衣服破烂的人面前走开。

"这是下流,先生!"他生气地说,"这是骗人!我要把您交到警察局去,真见鬼!您贫穷,挨饿,然而这并没有给您权利可以厚着脸皮,不知羞耻地说谎!"

衣服破烂的人抓住门柄,像被捉住的贼那么惶恐,站在前厅往四处张望。

"我……我没说谎,先生……"他支吾道,"我可以拿出证件来给您看。"

"谁相信您的话?"斯克沃尔佐夫继续愤慨地说,"要知道,利用社会对乡村教师和大学生的同情,是十分卑鄙、下流、肮脏的!真可恶!"

斯克沃尔佐夫大发脾气,用极其无情的话责备请求的人。那衣服破烂的人的无耻谎言在他心里引起嫌弃和厌恶,侮辱了他斯克沃尔佐夫热爱和看重的东西,那种东西他自己身上就有,例如善良、敏感的心、对不幸者的怜悯等。这个"家伙"却一味说谎,骗取别人的同情,这就仿佛玷污了他出于纯洁的心而喜欢周济穷人的一片好意。衣服破烂的人先是辩白,起誓,可是后来停住口,害臊,低下头了。

"先生!"他把手放在胸口上说,"确实,我……说了谎!我不是乡村教师,也不是大学生。这都是捏造!我本来在俄罗斯合唱队里工作,后来酗酒,被开除了。可是我有什么办法呢?我用上帝的名义请您相信:不说谎不行啊!我一说真话,谁也不会给我钱。说了实话,我就会饿死,就会不能住小店而冻死!您的话是对的,我明白,可是……我有什么办法呢?"

"有什么办法?您问有什么办法吗?"斯克沃尔佐夫走得离他近一点,叫道,"干活就是办法!您得干活!"

"干活。……这我自己也明白,可是到哪儿去找活干呢?"

"胡说!您年轻,健康,强壮,总会找到活干的,只要您有这种心意就行。可是,说真的,您懒惰,娇生惯养,爱喝酒!您身上如同酒馆里那样,冒出一股酒气!您满嘴谎话,浪荡成性,只会讨饭和撒谎!就算您哪天愿意屈尊干活,也必得给您找个白拿钱不做事的坐办公室、当俄罗斯合唱队队员或台球记分员之类的差事才成!至于体力劳动,您愿意干吗?要您做扫院人,做工厂的工人,您大概就不去!您这种人架子可大呢!"

"您怎能这么说呢,真是的……"请求的人苦笑着说,"我到哪儿去找体力劳动的工作呢?讲到做店员,我已经嫌迟了,因为要做生意就得从小当学徒。至于做扫院人,谁也不肯用我,因为对我是不能称呼'你'的。……工厂里也不会要我,当工人得有手艺,我却什么也不会。"

"胡说!您老是找托词!那么您愿意劈柴吗?"

"我不会推辞,可是眼下连真正的劈柴工人也闲着没活干哟。"

"哼,所有的寄生虫都说这种话。真要叫您干,您就推辞了。您愿意在我家里劈柴吗?"

"行,我劈就是。……"

"好,我们瞧着吧。……很好。……我们会看到的!"

斯克沃尔佐夫连忙张罗起来,而且不免幸灾乐祸地搓着手,把厨娘从厨房里叫来。

"喏,奥尔迦,"他对她说,"把这位先生领到板棚里去,让他在那儿劈柴。"

衣服破烂的人耸动着肩膀,仿佛大惑不解似的,犹豫不决地跟着厨娘走去。从他的步法可以看出他答应去劈柴并不是因为他挨着饿,想挣点钱糊口,而只是因为说出口的话不便收回,碍于面子和羞耻心,不得不去罢了。此外还可以看出,他喝过酒,显得十分衰弱,身体不健康,一点也没有干活的心思。

斯克沃尔佐夫赶紧走进饭厅。在那儿,隔着一扇面对院子的窗户,可以看见堆木柴的板棚里和院子里发生的一切事情。斯克沃尔佐夫在窗前站住,看见厨娘和衣服破烂的人从后门走到院子里,穿过泥泞的雪地,往板棚那边走去。奥尔迦气呼呼地打量她的同伴,把胳膊肘往两旁张开,撞开板棚的门,愤愤不平,弄得门砰的一响。

"大概我们妨碍这个女人喝咖啡了,"斯克沃尔佐夫暗想,"好凶的女人!"

随后他看见那个冒充教师和大学生的人在木墩上坐下,用拳头支着红脸,想心事。那个女人拿过一把斧子来,丢在他脚边,气愤地吐口唾沫,从她嘴唇的活动样子,看得出她在骂他。衣服破烂的人犹豫不决地拉过一块木头来,夹在两条腿中间,胆怯地用斧子劈下去。木头摇晃一下,倒了。衣服破烂的人把它拉过来,往冻僵的手上哈一口气,又很小心地用斧子劈下去,仿佛生怕砍到他的套靴上,或者砍断他的手指头似的。木头又倒了。

斯克沃尔佐夫的愤怒已经消散,他想到他硬逼这个娇生惯养的、喝醉酒的、也许还有病的人在冷地里干粗活,心里有点不好受,有点难为情。

"嗯,没什么,让他去干吧……"他想着,从饭厅里走到卧室去,"我这是为他好。"

过一个钟头,奥尔迦来了,报告说木柴已经劈好。

"喏,给他半个卢布,"斯克沃尔佐夫说,"如果他愿意,就让他每月一日来劈柴。……工作是总归有的。"

到下月一日,那个衣服破烂的人来了,虽然几乎站都站不稳,可是又挣到半个卢布。从这回起,他常常到院子里来,每回都有活儿给他做,例如把雪扫成堆,或者把板棚里收拾干净,或者打掉地毯和床垫上的尘土。每回他干完活都挣到二十以至四十个戈比,有一回还外加拿到一条旧裤子。

斯克沃尔佐夫搬家的时候,雇他来帮忙,收拾和搬运家具。这回那个衣服破烂的人没有喝酒,脸色阴沉,不大说话。他几乎没有碰那些家具,低着头跟在货车后面走,甚至也不努力装得起劲些,光是冷得缩起身子,每逢赶车的笑他懒,笑他弱,笑他那件老爷穿过的破大衣,他总是很窘。搬运完结后,斯克沃尔佐夫吩咐人把他找来。

"嗯,我看出我的话已经对您发生作用了,"他给他一个卢布,说,"这是给您的劳动报酬。我看得出您没有喝酒,您不是不想干活。您姓什么?"

"路希科夫。"

"路希科夫,我能给您介绍另一种工作,好一点的工作。您会抄写吗?"

"会,先生。"

"那么明天您拿着这封信去找我的同行,您可以在他那儿得到抄写的工作。要好好工作,不要灌酒,不要忘了我对您说过的话。再见!"

斯克沃尔佐夫想到自己把一个人扶上正路,觉得很满意,就亲热地拍拍路希科夫的肩膀,甚至分别的时候跟他握了握手。路希科夫收下信,走了,从此再也没到院子里来干活。

两年过去了。有一回斯克沃尔佐夫站在戏院的售票窗口,正在付钱,却看见身旁站着个身材矮小的人,穿一件羊羔皮衣领的大衣,戴一顶旧的海狗皮帽。这个矮小的人胆怯地向售票员要一张最高楼座的戏票,付了几枚五戈比铜币。

"路希科夫,是您吗?"斯克沃尔佐夫认出这个人就是他旧日的劈柴工人,问道,"怎么样?您在做什么工作?生活好吗?"

"还好。……如今我在一个公证人那儿工作,薪水是三十五卢布,先生。"

"哦,谢天谢地。好极了!我为您高兴。我碰见您,非常快活,非常快活!要知道,在某种程度上,您要算是我的教子呢。真的,是我把您扶上正路的。您记得我怎样痛骂您吗,啊?那时候您羞得差点钻到地底下去。好,谢谢您,我的朋友,您总算没有忘掉我的话。"

"我也要谢谢您,"路希科夫说,"要不是那一次我去找您,也许我直到如今还在说我自己是教师或者大学生。是啊,在您那儿我总算得救,跳出那个陷坑了。"

"我非常高兴,非常高兴。"

"谢谢您那些好心的话和您好心的行动。您那时候说的一番话很精彩。我既感激您,也感激您的厨娘,求上帝保佑这个善良高尚的女人。您那时候说的一番话很精彩,当然,我到死都会念着您的情,然而认真地说,救我的却是您的厨娘奥尔迦。"

"这是怎么回事?"

"是这样。当初我到您家去劈柴,她一开头总是说:'唉,你呀,醉鬼!你这个遭到上帝诅咒的人!你怎么还不死哟!'然后她就在我对面坐下,闷闷不乐,瞧着我的脸,哭着说:'你这个不幸的人啊!在这个世界上你一点快活也没有,而且到了那个世界,你这个醉鬼也还要下地狱,遭火烧!你这倒霉的人啊!'您知道,她照这样说了许多。讲到她为我发过多少脾气,流过多少泪,我都没法对您说了。不过顶要紧的是,她替我劈柴!要知道,先生,我在您家里连一根柴也没有劈过,全是她劈的!至于为什么她要救我,为什么我瞧着她,就改邪归正,戒掉酒,我也没法对您解释清楚了。我只知道我听到她的话,看到她的高尚行动,我的灵魂就起了变化,她把我挽救过来了,这是我永世也忘不了的。不过现在该入场,他们就要摇铃了。"

路希科夫鞠躬告辞,动身到楼座去了。

佩彻涅格人

伊凡·阿勃拉梅奇·日穆兴是个退伍的哥萨克军官,以往在高加索服役,如今住在自己的农庄上。他过去年轻、健康、强壮,现在却苍老、干瘪,背有点驼,眉毛蓬松,唇髭白得带点绿色了。有一天,那是在炎热的夏季,他从城里回自己的农庄。他在城里斋戒过,在公证人那里写下遗嘱(大约两个星期以前他得过一次小中风),如今坐在火车车厢里,那些关于临近的死亡、关于尘世的空虚、关于人间万物的短暂等忧郁而严肃的想法,一路上始终没离开过他。到了普罗瓦里耶车站

（顿涅茨克铁路上有这样一个车站），有个胖胖的、中年的金发先生，手中拿着一个旧皮包，走进他的车厢，在他对面坐下。他们两个就谈起话来。

"是啊，"伊凡·阿勃拉梅奇说，呆呆地瞧着窗外，"什么时候结婚都不算晚。我自己就是在四十八岁那年结的婚，人家都说太晚了，其实不晚也不早，不过呢，还是根本不结婚的好。老婆很快就会弄得人厌烦，然而并不是每个人都肯说真心话，因为，您明白，人总觉得不幸的家庭生活是丢脸的事，瞒着不说。有的人在老婆身旁'玛尼雅，玛尼雅'地叫个不停，可是如果按他的本心办事，他就会把这个玛尼雅装进袋子，丢进水里了事。跟老婆一块儿过日子真没意思，简直是蠢事。再者，我敢于对您保证，儿女也不见得好一点。我有两个，这些坏蛋。在此地草原上，他们没处可以上学，要把他们送到新切尔卡斯克去读书，可又没有钱，于是他们只好在这里生活，像两只狼崽子似的。你瞧着就是，他们会在大道上杀人哩。"

金发先生注意地听着,回答问话的声音不大,而且简略,看来这人秉性斯文而谦和。他自称是个律师,说他现在到玖耶甫卡村去办事。

"哦,你知道,那地方离我家九俄里,我的上帝!"日穆兴说,从他的口气听来,倒好像人家在跟他吵架似的,"不过,对不起,等一会儿您到了车站是找不到马车的。依我看,您还是索性到我家里去好,您明白,在我那儿过上一夜,第二天早晨坐着我的马车走就行了。"

律师想了想,同意了。

等他们到达火车站,太阳已经低低地挂在草原上空了。从火车站到田庄的路上,他们没有讲话,车子的颠动妨碍他们谈天。那辆四轮马车蹦蹦跳跳,吱吱地叫,似乎在哭泣,好像它这种跳动弄得它自己十分痛苦似的。律师坐得很不舒服,愁闷地瞧着前面,巴望看到那个田庄。他们坐车走了八俄里光景,才远远地望见一所不高的房子和一个院子,四周围着一道用黑色石板砌成的围墙。那所房子的房顶是绿色的,墙上的灰泥脱落,窗子又小又窄,像是眯细的眼睛。田庄建在太阳地里,四周看不到水,也看不到树。邻近的地主和农民都把这儿叫作"佩彻涅格田庄"。许多年以前有一个过路的土地测量员在田庄上留宿,跟伊凡·阿勃拉梅奇谈了一夜,感到很不满意,早晨临走的时候对他严厉地说:"您,我的先生,是佩彻涅格人!"从此"佩彻涅格田庄"这个名称就传开了,等到日穆兴的孩子长大,开始打劫邻近的果园和瓜地,这个外号就越发牢不可破了。大家还把伊凡·阿勃拉梅奇叫作"您明白",因为他通常讲话很多,而且常常使用这个"您明白"。

在院子里的堆房旁边站着日穆兴的儿子,一个是十九岁,另一个是个半大孩子,两个人都光着脚,没戴帽子。正当马车驶进院子的时候,那个小儿子把一只母鸡高高地抛到半空中,母鸡咕咕地叫,飞起来,在空中画了一道弧线;大儿子开枪射击,那只母鸡就被打死,掉在地上了。

"这是我的孩子在学打鸟。"日穆兴说。

穿堂里有个女人迎接来人。她身材瘦小,脸色苍白,年纪还轻,相貌美丽。从她身上穿的衣服来看,人家可能把她当作仆人。

"容我介绍一下,"日穆兴说,"她是我那些小崽子的妈。喂,柳包芙·奥西波芙娜,"他转过身去对她说,"快点,孩子他妈,给客人做饭。开晚饭!快!"

这所房子分成两半:这一半是"客厅"以及紧挨着它的老人日穆兴的卧室,这些房间都闷热,天花板很低,有许多苍蝇和黄蜂;那一半是厨房,那儿烧饭,洗衣服,给雇工开饭,那儿的长凳底下有鹅和鸡孵蛋,柳包芙·奥西波芙娜和她两个儿子的床也在那儿。客厅里的家具没上油漆,显然是一个木匠马马虎虎做出来的。墙上挂着枪支、猎袋、短鞭子,这些陈旧的废物早已生锈,上面满是尘垢,变成灰白色了。画片一张也没有,墙角上有一块木板,当初是放圣像用的。

一个年轻的乌克兰女人摆好饭桌,端来火腿,然后是红甜菜汤。客人拒绝喝酒,只吃面包和腌黄瓜。

"吃点火腿怎么样?"日穆兴问。

"谢谢,我不吃,"客人回答说,"我素来不吃肉。"

"这是为什么?"

"我是素食主义者。杀死动物是违背我的信念的。"

日穆兴想了一会儿,然后叹一口气,慢吞吞地说:

"是啊。……对了。在城里我也见过一个不吃肉的人。现在这种信仰时兴起来了。嗯,这挺好。不能老是杀牲口,打鸟儿了,您明白,早晚得洗手不干这种事,让畜生也过太平日子才是。杀生是罪过,是罪过啊,这是不消说的。有的时候开枪打兔子,伤了它的腿,它就直叫,跟小娃娃一样。可见它也觉得痛啊!"

"当然,它觉得痛。畜生跟人一样懂得痛苦。"

"这是实在的。"日穆兴同意说。"这些我都很明白,"他一边想,一边接着说,"不过呢,老实说,有一点我却不明白:比方说,您明白,要是所有的人都不再吃肉,到那时候这些家禽,比如鸡和鹅,可怎么办呢?"

"鸡和鹅就会自由自在地生活下去,像那些野禽一样。"

"现在我懂了。不错,乌鸦和寒鸦都活着,不要我们管也过得挺好。对了。……鸡啦,鹅啦,兔子啦,羊啦,都会自由自在地活下去,高高兴兴,您明白,赞美上帝,它们再也不会怕我们了。世界上就会出现和平同安宁。不过呢,您明白,有一点我还是不懂,"日穆兴看一眼火腿,接着说,"猪会怎么样呢? 拿它们怎么办呢?"

"猪也跟别的动物一样,那就是说,它们自由了。"

"是这样。对了。可是,对不起,话说回来,要是不把它们杀掉,它们就会繁殖起来,您明白,到那时候草场和菜园就遭殃了。要知道,猪这种东西,要是随它们自由自在,不去管它们,那么不出一天,它们就会把什么东西都糟蹋掉。猪总是猪,给它起名叫猪可不是无缘无故的。……"

他们吃完了晚饭。日穆兴离开饭桌,在房间里走了很久,不住地讲啊讲的。……他喜欢谈论一些重大而严肃的事,喜欢沉思,再者,他巴望在老年找到一个什么信仰,使心灵有所寄托,而死亡不至于显得这么可怕。他希望自己脾气温柔,心平气和,相信自己,就跟这个吃腌黄瓜和面包果腹而认为自己因此变得完善的客人一样。客人坐在一口箱子上,健康,胖乎乎的,沉默着,隐忍他的烦闷。要是有人在苍茫的暮色中从穿堂往他这边看一眼,就会觉得他活像一块谁也搬不开的大石头。人在生活里有所寄托,心里就踏实了。

日穆兴穿过穿堂,走到门外廊子底下,人可以听见他不住地叹气,在沉思中自言自语:"对了……是这样。"天已经黑下来,天上这儿那儿出现了星星。房间里还没有点灯。有个人悄没声儿地走进大厅来,像个影子似的,在门旁站住。原来这是日穆兴的妻子柳包芙·奥西波芙娜。

"您从城里来吗?"她没看着客人,怯生生地问道。

"是的,我住在城里。"

"也许,您是个搞学问的人吧,先生,那么请您费心开导我们吧。我们得递一个呈子上去。"

"递到哪儿去?"客人问。

"我们有两个儿子,好先生,早就该把他们送去念书了,可是我们这儿没有人管,也找不到一个商量的人。我自己又什么都不懂。他们要是不上学,就要照普通的哥萨克那样征去当兵。那就糟了,先生!他们不识字,连庄稼汉也不如,连伊凡·阿勃拉梅奇自己都嫌弃他们,不让他们走进房间来。不过,难道这能怪他们吗?真的,哪怕把小的一个送去上学也好,要不然,真叫人心痛啊!"她缓慢地说,声音发抖;这么瘦小、年轻的女人居然已经有长大成人的孩子,这似乎使人没法相信,"唉,真叫人心痛啊!"

"你,孩子他妈,什么也不懂,这不关你的事,"日穆兴在门口出现,说,"别拿你那些荒唐话去纠缠客人。走开,孩子他妈!"

柳包芙·奥西波芙娜就走出去,在前堂又用她尖细的声音说:

"唉,真叫人心痛啊!"

他们在客厅里一张长沙发上给客人铺好被褥,点亮了长明灯,免得他嫌黑。日穆兴在自己的卧室里上床睡下。他躺在那儿想他的灵魂,想老年,想不久以前的中风,那次中风把他吓得心惊胆战,真以为自己快要死了。他喜欢独自一人在寂静中深思冥想,每逢这种时候,他就自以为是个十分严肃而深刻的人,在这个世界上只有重大的问题才会引起他的兴趣。现在他就在不断地思索,他想抓住某个与众不同的、杰出的思想,使它成为生活的指南,有心为自己想出一种原则,好把他的生活也变得像他本人那样严肃而深刻。比方说,对他这个老人来说,戒绝肉食和各种珍馐美味确实挺好。那种人类不再互相残杀,也不杀害动物的时代是早晚要来的,它不可能不来,于是他幻想着那个时代,清楚地想象他自己和所有的动物和睦相处,可是突然间他又想起那些猪,他头脑里的思路就全给搅乱了。

"怪事,上帝保佑。"他呼哧呼哧地喘气,嘟哝着说。"您睡着了吗?"他问。

"没有。"

日穆兴从床上起来,在门口站住,只穿着衬衣,在客人面前露出他那两条青筋突起的、干瘪的、像木棍一样的腿。

"您明白,"他开口说,"如今这年月,时兴各式各样的什么电报啦,电话啦,一句话,各种奇迹应有尽有,可是人并没有变得好一些。据说在我们那个时代,三四十年以前,人是粗暴残忍的;然而现在难道不是仍旧一样吗?的确,在我那个时代,大家不讲究礼貌。我还记得,有一次在高加索,我们在一条小河旁边驻扎了整整四个月,什么工作也没有,那时候我还是个军士。当时出了一件麻烦事,简直像是一篇小说。在我们哥萨克骑兵连驻扎的小河对岸,您明白,埋葬着一个穷公爵,他是不久以前让我们杀死的。每到夜里,您明白,守寡的公爵夫人总要到坟上去哭。她边哭边诉,嘴里哼哼唧唧地叫个没完,吵得我们心里不好受,简直睡不着觉。我们第一夜睡不着,第二夜又睡不着;得,这就惹得我们心烦了。从常理来推断,为了他妈的这么点缘故就不睡觉,那确实不行——请您原谅我这种说法。我们就把这个公爵夫人抓来,用鞭子抽一顿,她就再也不去哭了。就是这么回事。现在呢,当然,这样的人没有了,也不用鞭子抽人了,大家生活得像样多了,学问也大得多了,不过,您明白,人的灵魂还是老样子,没起什么变化。喏,不瞒您说,我们这儿住着个地主。他办矿,您明白。那些没有护照的、没处投奔的、各式各样的流浪汉在他那儿做工。每到星期六就得给工人发工钱,可是他不愿意给,您明白,他舍不得钱。他就找了个账房先生,也是个流浪汉,不过脑袋上总算还戴着一顶帽子。地主说:'你别给他们钱,一个小钱也别给;他们会打你,'他说,'那就让他们打,你忍着,我每个星期六给你十个卢布就是。'好,到星期六傍晚,工人们按规矩来拿工钱,账房先生却对他们说:'没有!'得,你一句我一句地骂个不停,打起来了。……大家一齐打他,拳脚交加,您明白,这些人饿得心狠了。他们把那个人打得人事不知,然后各自走散。老板吩咐人往账房先生脸上泼水,随后就塞给他一张十卢布的钞票,那个人收下来,而且还挺高兴,因为实际上,漫说给十个卢布,就是给三个卢布,他也会答应钻进绞索里去。是啊。……到了星期一就又有一伙工人来了。他们只好来,没地方可去嘛。……到星期六就又是那一套。……"

客人翻一个身,脸对着长沙发靠背,嘴里含含糊糊说了一句什么话。

"喏,还有一个例子,"日穆兴接着说,"有一年,您明白,此地闹一种叫炭疽热的瘟疫。那些牲口啊,我跟您说吧,像苍蝇那么纷纷死掉。兽医到此地来,下了严厉的命令,要把死牲口弄到远处去,深深地埋进地里,浇上石灰浆等等的,您明白,这都是根据科学的原理。我那匹马也死了。我就按照种种预防措施把它埋了,单是在它身上浇的石灰浆就有十普特。您猜怎么着?我那两个小子,您明白,我的宝贝儿子,夜里却把马挖出来,剥下它身上那张皮,卖了三个卢布。您瞧瞧。可见人并没有变好,可见不管你怎么喂狼,狼总是往树林里瞧。就是这么回事。这种事真叫人深思啊!不是吗?您认为怎么样?"

突然,在房间的一边,有一道电光在护窗板的缝隙里闪现。暴风雨之前,天气总是闷热,蚊子不住地叮人,日穆兴躺在自己的房间里沉思默想,唉声叹气,哼哼唧唧,自言自语:"对了……是这样",怎么也睡不着觉。在很远很远的地方响起隆隆的雷声。

"您睡着了吗?"

"没有。"客人回答说。

日穆兴就起床,穿过客厅和穿堂,两只光脚吧嗒吧嗒地响着,到厨房喝水去了。

"世界上,您明白,最糟糕的是愚蠢,"过了一会儿,他端着个水瓢走回来,说,"我那个柳包芙·奥西波芙娜正跪在那儿祷告上帝呢。她每天晚上都祷告,您明白,她咕咚咕咚地叩头,头一件事就是祷告上帝把她的孩子送去上学,她生怕孩子们像普通的哥萨克那样去当兵,到了那边,背上挨一军刀。不过,要上学就得有钱,可是上哪儿去找钱呢?你就是拿脑门碰破地板,没钱也还是没钱啊。其次,她祷告是因为,您明白,任何女人都认为世界上再没有人比她更不幸了。我是直性子,什么事也不想瞒住您。她是穷人家出身,教士的女儿,所谓僧侣阶层。我是在她十七岁那年娶她的。她家把她嫁给我,一大半是因为家里没有吃的,受穷受苦,我呢,您看得出来,毕竟有田地,有家业,喏,不管怎么说吧,我好歹也是个军官;您明白,她嫁给我要算是高攀了。我们结婚的头一天她就哭,后来一直哭了二十年,就像俗话说的,眼泪没干过。她老是坐在那儿,想啊想的,想心思。请问,有什么可想的呢?妇道人家能想点什么呢?没有什么可想的。老实说,我是不把娘们儿当人看的。"

那位律师猛地坐了起来。

"对不起,我觉得有点闷热,"他说,"我要出去。"

日穆兴一面继续讲女人,一面走进穿堂,拉开门闩,两个人走到外面。正巧一轮明月在院子上面的天空中浮动,这所房子和堆房在月光下显得比白天还要白。在草地上,在黑色的阴影中间,铺开几条明亮的月光,也是白的。从这儿可以看到右边远处的一片草原,草原上空宁静地闪着繁星。一切都神秘,无限的遥远,人仿佛望着深渊一样。左边,草原的上空堆积着酝酿雷雨的沉重的乌云,黑得像煤烟似的。乌云的边缘被月光照亮,似乎那儿有些峰顶盖着白雪的高山以及漆黑的树林和海洋。电光闪耀,传来轻微的雷声,好像山上正在打仗似的。……

田庄附近有一只小小的猫头鹰单调地叫着:"睡啦!睡啦!"

"现在几点钟了?"客人问。

"一点多钟。"

"离天亮还早着哪,真是!"

他们回到房子里,又躺下。应当睡着才对,下雨以前,人照例能睡得十分酣畅,然而这个老人却喜欢想一些重大而严肃的事情。他不只是想,而且要反复地琢磨。他琢磨着死亡已经临近,为了拯救自己的灵魂,最好不要再这样游手好闲,让时间一天又一天,一年又一年不知不觉地浪费掉,没有留下任何痕迹。他最好给自己想出一种什么大事来干,比方步行到很远很远的一个什么地方,或者像这个年轻人一样戒绝肉食。他又想象人类不再杀死动物的时代,想得那么生动,那么逼真,倒好像他自己正在经历那个时代似的。可是忽然,他的脑子里又都乱糟糟,一切都不清楚了。

雷雨已经过去,可是乌云还留下一点边缘,雨还在下,轻轻地拍打房顶。日穆兴起床,伸着懒腰,因为年

老而哼哼唧唧,眼睛瞧着大厅。他看出客人没有睡着,就说:

"在高加索的时候,您明白,我们那儿有个上校也是素食主义者。他不吃肉,从来也不打猎,也不许部下去钓鱼。当然,我明白。一切动物都应当自由地生活,享受生活;只是我不懂:猪怎么能随便走来走去,没有人管。……"

客人爬起来,坐好。他那苍白憔悴的脸上现出烦恼和疲乏的神情;看得出来,他累得要命,只是他那温顺、柔和的心不容许他用话语把他的气恼表达出来。

"天已经亮了,"他温和地说,"劳驾,请您吩咐他们备马。"

"这是为什么? 您等一等,雨就要停了。"

"不,我求求您,"客人恳求地说,声调里带着惊恐,"我得马上就走。"

他就动手匆匆忙忙穿衣服。

等到马车备好,太阳已经升上来了。雨刚刚停住,云很快地奔驰着,天上一些蔚蓝色的透光的空隙变得越来越大。初出的阳光怯生生地映在下面的小水洼里。律师拿起他的皮包,穿过穿堂,去坐马车,这时候日穆兴的妻子脸色苍白,似乎比昨天还要苍白,带着泪痕,注意地瞧着他,眼睛一眨也不眨,现出姑娘那样的纯朴神情,从她的哀伤的脸容可以看出她羡慕他的自由:啊,要是她自己能离开此地,她会多么高兴啊!还可以看出她有话要跟他说,大概是要他为她的孩子出些主意吧。她是多么可怜啊!这人不是妻子,也不是女主人,甚至不是一个女仆,倒像是个穷食客,一个谁也不需要的亲戚,一个渺不足道的人。……她的丈夫忙忙乱乱,不停嘴地讲着,一边抢在前面,送客人出门。她呢,惊恐而负疚地缩在墙边,一直在等个方便的机会好开口讲话。

"欢迎您下次再来!"老人反复说着,一刻也不停嘴,"您明白,我们一定尽其所有来招待您!"

客人匆匆地坐上马车,显然十分愉快,仿佛生怕这当儿会有人扣留他似的。马车像昨天那样蹦蹦跳跳,吱吱地尖叫,猛烈地撞响车后拴着的一个桶子。律师回过头来,带着一种特别的神情朝日穆兴看了一眼,仿佛他像从前那个土地测量员那样,想骂他一声佩彻涅格人或者别的什么,然而温和的性格占了上风,他忍住了,什么话也没说。可是走到大门口,他忽然忍不住,欠起身来,响亮而气愤地嚷了一声:

"我讨厌您!"

接着,马车驶出门外,不见了。

日穆兴的儿子站在堆房旁边:大儿子拿着一管枪,小儿子抱着一只灰色的公鸡,头上生着鲜艳美丽的冠子。小儿子使足力气把那只公鸡往上抛去,那只鸡飞得高过房顶,在空中翻了个身,像鸽子一样。大儿子开一枪,那只公鸡就跟一块石头似的落下来了。

老人心慌意乱,不知道该怎样解释客人这一声奇怪的意外的嚷叫。他慢腾腾地走回房子。他在房子里靠着桌子坐下,琢磨了很久,想到当前的思潮,想到普遍的道德败坏,想到电报,想到电话,想到自行车,想到这一切多么不必要,渐渐地心平气和,然后不慌不忙地吃完饭,喝下五大杯茶,躺下去睡觉了。

伤　寒

一列从彼得堡开往莫斯科的邮车里,年轻的中尉克里莫夫坐在吸烟乘客的车厢里。他对面坐着一个上了年纪的男人,胡子刮光,论相貌很像商船的船长,多半是个家道殷实的芬兰人或者瑞典人,一路上吸着烟斗,讲话反反复复,老是那一套:

"啊,您是军官！我弟弟也是军官,不过他是海军军官。……他是海军军官,在喀琅施塔得服役。您到莫斯科去做什么?"

"我到那儿去服役。"

"啊！您成家了吗？"

"没有,我跟我姑姑和妹妹住在一起。"

"我弟弟也是军官,海军军官,不过他成了家,有妻子,还有三个孩子。啊！"

这个芬兰人不知为什么那样惊讶,而且一说"啊"字就露出欢畅的和傻呵呵的笑容,不住吧唧他那臭烘烘的烟斗。克里莫夫身体不舒服,觉得回答他问的话费力,就满心憎恨他。他恨不得从那个人手里夺过哒哒响的烟斗来,扔到座位底下去,把那个芬兰人赶到别的车厢里去才好。

"这班芬兰人和……希腊人,都讨厌得很。"他想,"全是些根本多余的、谁也不需要的、讨厌的人。他们不过是在地球上白占地方罢了。他们有什么用处呢？"

他一想到芬兰人和希腊人,全身就生出一种类似恶心的感觉。为了对比,他有心想一想法国人和意大利人,可是他一回想这两个民族,却不知什么缘故,只想起背着手摇风琴的流浪乐师、裸体女人、挂在姑姑家里五斗橱上面的外国石印画。

总之,军官觉得自己反常了。虽然他占据着整个长靠椅,可是不知怎的,他觉得长靠椅上容不下他的胳膊和腿。他嘴里又干又黏,脑袋里弥漫着沉重的雾,他的思想似乎不但在他脑子里漫游,而且钻到脑壳外面,飘荡到由昏暗的夜色笼罩着的座位和乘客中间去了。他透过脑子里的雾,像透过梦境似的,听见喃喃的说话声、车轮的辘辘声、车门的开关声。车站上的钟声、汽笛声、乘务员的吆喝声、乘客在月台上的奔跑声,比往常来得频繁。时间不知不觉地很快飞过去,因此这列火车似乎每分钟都在一个车站上停住,响亮的嗓音不住地在外面叫喊:

"邮件装好了吗?"

"装好了!"

烧炉工人似乎过于频繁地跑进来看温度表,迎面开来的列车的响声和车轮过桥的轰隆声不停地响。这种嘈杂声、汽笛声、那个芬兰人、烟草的迷雾,跟他脑子里那些凶恶而摇曳的模糊形象混在一起,像那样的形象,论形式和性质是健康的人想不出来的。总之,这一切压在克里莫夫心上,像是叫人受不了的噩梦。他十分苦恼,抬起沉重的头,瞧着车灯,阴影和模糊的斑点正在灯光当中转动不停。他想要点水喝,可是他那焦干的舌头几乎不能动弹,几乎没有力量回答芬兰人的问话。他极力想躺得舒服点,想睡一觉,然而办不到。芬兰人倒睡着了好几次,又醒来,点上烟斗,对他"啊"的叫一声就又睡着了,中尉的腿在长靠椅上仍旧放不舒服,凶恶的形象仍旧立在他的眼前。

在斯皮罗沃站,他走到车站上去喝水。他看见有些人坐在桌子旁边,急急忙忙吃东西。

"他们怎么会吃得下东西!"他暗想,极力不闻充满烤肉气味的空气,也不看那些咀嚼的嘴巴,他觉得这两样东西都讨厌,惹得他直恶心。

有一个漂亮的太太在跟一个戴着红军帽的军人高

声谈话。她微笑着,露出一口好看的白牙,可是她的笑容也好,她的白牙也好,太太本人也好,都跟火腿和煎肉饼一样在克里莫夫心里留下可憎的印象。他不明白戴红军帽的军人坐在她身旁,瞧着她健康的笑脸怎么会不觉得难受。

他喝过水,回到车上,芬兰人正坐在那儿吸烟。他的烟斗咝咝地响,吱吱地叫,好比下雨天穿着一双破了窟窿的雨鞋走路一样。

"啊!"他惊奇地说,"这是什么站?"

"我不知道。"克里莫夫回答说,躺下来,闭上嘴,免得吸进辛辣的烟味去。

"我们什么时候到特维尔呢?"

"我不知道。对不起,我……我不能回答您的话。我有病,今天我感冒了。……"

芬兰人拿起烟斗在窗框上敲一阵,开始讲他那当海军军官的弟弟。克里莫夫不再听他讲话,满心怀念他那张柔软舒服的床,怀念那个装满凉水的水瓶,怀念他妹妹卡嘉,她是最善于为人铺床,安慰人,把水端给人喝的。等到他脑子里闪过他的勤务兵巴威尔,想到那个勤务兵给主人脱掉又重又热的长靴,把水送到他的小桌上来,他甚至忍不住微笑了。他觉得只要躺在他自己的床上,喝到水,他的梦魇就会让位给酣畅健康的睡眠了。

"邮件装好了吗?"远处响起一个低沉的说话声。

"装好了!"一个男低音差不多就在窗口那儿回答说。

这儿离斯皮罗沃已经有两三站路了。

时间像在奔驰,飞得很快,车站上的铃声、汽笛声、停车站似乎没完没了。克里莫夫灰心丧气地把脸藏到长靠椅的角落里,两只手抱住头,又开始想他的妹妹卡嘉和他的勤务兵巴威尔,可是他妹妹和勤务兵跟那些模糊的形象混在一起,旋转起来,不见了。他那滚烫的呼吸喷在长靠椅靠背上,返回来,烘痛他的脸。他的腿放得不舒服,有一股风从车窗吹到他背上,然而不管这是多么难受,他却再也不想变换姿势了。……沉重的、梦魇般的倦怠渐渐控制了他,锁住他的四肢。

等到他决定抬起头来,车厢里已经大亮。乘客们纷纷穿上皮大衣,活动起来。列车停住了。系着白色围裙和佩着号牌的搬运工人在乘客们身旁忙忙碌碌,提起他们的皮箱。克里莫夫穿上军大衣,信步跟随别的乘客走出车厢,觉得走路的好像不是他,而是另外一个人似的。他感到他的燥热、口渴和通宵不容他睡眠的凶恶形象仿佛随着他一同走出车厢了。他心不在焉地领了他的行李,雇好一辆街头雪橇。赶车的答应把他送到波瓦尔街,可是索价一又四分之一卢布,他却没有还价,更没有争吵,乖乖地坐上雪橇。数目大小他还能懂得,然而钱在他已经没有什么价值了。

克里莫夫回到家,他的姑姑和妹妹卡嘉,一个十七岁的姑娘,把他迎进去。卡嘉来迎他的时候,一只手拿着铅笔,一只手拿着练习簿,他这才想起她正在准备参加教员考试。他没有回答她们的问话和问候,烧得光是喘气,毫无目的地走遍各个房间,来到自己的床前,一头倒在他的枕头上。他满脑子都是芬兰人、红军帽、一口白牙的太太、烤肉的气味、闪烁的斑点,他已经不知道他是在什么地方,也听不见惊慌的说话声了。

等到他醒过来,他看见自己睡在床上,脱了衣服,看见他的水瓶和巴威尔就在眼前,不过这并没有使他觉得凉快些,软和些,舒服些。他的胳膊和腿仍旧放得不舒服,他的舌头贴紧上颚,他听见芬兰人的烟斗吱吱地叫。……床旁边有一个身子结实和留着黑胡子的医生忙忙碌碌,他宽阔的后背不时碰着巴威尔。

"没关系,没关系,年轻小伙子!"他唠唠叨叨说,"挺好,挺好。……银,银。……"

医生管克里莫夫叫作"年轻小伙子",把"行"说成"银",把"对"说成"堆"。……

"堆,堆,堆,"他很快地说,"银,银。……挺好,年轻小伙子。……你可别灰心啊!"

医生那些说得很快而不大在意的话、他那副饱足的面貌、他那句老气横秋的"年轻小伙子",惹恼了克里莫夫。

"为什么您把我说成年轻小伙子?"他呻吟着说,"多么肉麻!见鬼!"

他给自己的声音吓一跳。这声音那么干巴巴,衰弱,娇声娇气,他很难听出就是他自己的声音。

"挺好,挺好,"医生嘟哝说,一点也不生气,"别发脾气。……堆,堆,堆。……"

在家里也跟在火车上一样,光阴飞逝,快得惊人。……在卧室里,白天的亮光不断跟夜晚的黑暗交替。医生似乎没有离开过床边,每分钟都可以听见他在说"堆,堆,堆"。一张张脸在卧室里川流不息,其中有巴威尔,有芬兰人,有上尉亚罗谢维奇,有司务长玛克西敏科,有红军帽,有一口白牙的太太,有医生。他们一齐说话、摇手、吸烟、吃东西。有一次克里莫夫甚至在白天的亮光下看见他军队里的亚历山大神甫披着圣带,手里拿着圣礼书,站在床前,嘴里念念有词,脸上现出克里莫夫以前从没见过的严肃神情。中尉想起亚历山大神甫平时常常用好意的取笑口气把所有的天主教信徒都叫作"波兰人",就有意跟他开个玩笑,叫道:

"神甫,波兰人亚罗谢维奇闹出波澜来了!"

然而亚历山大神甫,这个平时喜欢发笑、兴致很高的人,这时候却没有笑,反而越发严肃,在克里莫夫胸前画十字。晚上有两个影子川流不息地走进走出。那两个影子是他的姑姑和妹妹。妹妹的影子跪下祷告,她对神像叩头,她的灰色影子就也在墙上叩头,因此变成两个影子在祷告上帝了。房间里始终有烤肉的气味和芬兰人的烟斗气味,不过有一次克里莫夫闻到刺鼻的神香气味。他恶心得扭动着,叫起来:

"神香!把神香拿走!"

没有人答话。他只能听见远处不知什么地方有些教士在唱诗,声音不高,有人在楼梯上跑上跑下。

等到克里莫夫从昏迷中清醒过来,卧室里却一个人也没有。朝阳射进窗子,隔着放下的窗帘照进来,颤抖的阳光像刀刃那么明亮爽利,在玻璃水瓶上闪烁。外面传来车轮的辘辘声,可见街上已经没有雪了。中尉瞧着阳光,瞧着熟悉的家具,瞧着房门,头一件事就是笑起来。那舒畅、快乐、惹人发痒的笑意使他的胸膛和肚子颤抖不已。他全身完全沉浸在无限的幸福和生活的乐趣中,大概只有第一个出生而且第一个看见这个世界的人才会有那样的感觉。克里莫夫热烈地巴望活动,巴望有人来谈谈。他的身体平躺在那儿不动,像块木头,只有他的手在动,然而这一点他自己几乎没有留意到,他的全部注意力都贯注到琐碎的事情上去了。他为自己的呼吸和自己的笑声高兴,看到这儿有水瓶,有天花板,有阳光,有窗帘上的带子也高兴。哪怕在卧室这样狭小的天地,他也觉得上帝的世界那么美丽,多彩,宏伟。等到医生进来,中尉就想到医学是多么美好的东西,医生又是多么温和可爱,一般说来人们都那么好,那么招人喜欢。

"堆,堆,堆……"医生啰啰唆唆地说,"挺好,挺好。……现在身体可是大好了。……银,银。……"

中尉听着,快活地笑了。他想起芬兰人、一口白牙的太太、火腿,他想吸烟,吃东西了。

"大夫,"他说,"您叫他们给我一点加盐的黑面包,和……和沙丁鱼。"

医生拒绝了,巴威尔不听命令,不肯去拿面包。中尉忍不住哭起来,就跟使性的孩子一样。

"小娃娃!"医生取笑说,"妈妈,睡吧,睡吧!"

克里莫夫也笑了。等医生走后,他睡了一大觉。他醒过来,仍旧很高兴,满腔幸福的感觉。床旁边坐着他的姑姑。

"啊,姑姑!"他快活地说,"我得了一场什么病?"

"斑疹伤寒。"

"原来是这样。不过现在我好了,太好了!卡嘉在哪儿?"

"她不在家。大概到什么地方参加考试去了。"

老太婆说着这些话,低下头去织一只长袜子。她

嘴唇颤抖起来,扭过脸去,突然失声大哭。她在绝望中忘掉医生的禁令,说道:

"唉,卡嘉呀,卡嘉!我们的天使不在了!不在了!"

她那只长袜子掉下地,她弯下腰去拾,这时候她的包发帽从头上掉下来。克里莫夫看着她的白发,什么也不明白,只是为卡嘉担心,就问道:

"可是她到哪儿去了?姑姑!"

老太婆已经忘掉克里莫夫,专心想着自己的愁苦,说道:

"她从你这儿传染伤寒,她……她死了。她前天下葬了。"

这个意外的可怕消息完全被克里莫夫领会了,可是不管这个消息多么可怕,多么惊人,却不能扑灭病愈的中尉心里洋溢着的那种动物性的欢乐。他又哭又笑,不久就叫骂起来,因为他们不给他东西吃。

直到一星期后他穿上睡衣,由巴威尔搀扶着走到窗前,瞧着春天的阴霾天空,听着街上路过的大车装着的旧铁轨那种刺耳的磕碰声,他的心才痛苦得缩紧,他哭起来,用额头抵着窗框子。

"我是多么不幸啊!"他喃喃地说,"上帝,我是多么不幸啊!"

于是欢乐让位给日常生活中的烦恼和那种不能挽回的损失的感觉了。

识别上方二维码

免费收听契诃夫小说精彩片段